MAR 27 2024

La Nota Roja

Antonio Guadarrama Collado

La Nota Roja

Ediciones B
MÉXICO

Barcelona · México · Bogotá · Buenos Aires · Caracas
Madrid · Montevideo · Quito · Santiago de Chile

La Nota Roja

Primera edición, mayo de 2011

D. R. © 2011, Antonio Guadarrama Collado
D. R. © 2011, Ediciones B México, S. A. de C. V.
         Bradley 52, Anzures DF-11590, México
         www.edicionesb.com.mx
         editorial@edicionesb.com

ISBN: 978-607-480-161-3

Impreso en México | *Printed in Mexico*

Todos los derechos reservados. Bajo las sanciones establecidas en las leyes, queda rigurosamente prohibida, sin autorización escrita de los titulares del *copyright,* la reproducción total o parcial de esta obra por cualquier medio o procedimiento, comprendidos la reprografía y el tratamiento informático, así como la distribución de ejemplares mediante alquiler o préstamo público.

*Para Gaby y Santana,
que me permitieron entrar en sus vidas
y me han entregado su cariño
con los ojos cerrados*

1.	Cambio de vida	13
2.	El hijo bueno	27
3.	El peso de la culpa	37
4.	El insomnio histérico	49
5.	La mano negra de la justicia	61
6.	*Stridens* amor	77
7.	Servicio de primera	87
8.	El Amor: un crimen	97
9.	Amor paterno	109
10.	Un día en Banteayuda	119
11.	El amigo de todos los niños	129
12.	La vida: un sueño	139
13.	El privilegio de la austeridad	151
14.	Al servicio de los gerontofílicos	163

15. Escóndete que ahí viene la basura	*173*
16. Radio-chida	*187*
17. El duelo	*197*
18. Las manías del lucro	*203*
19. Departamento en renta	*213*
20. El último recurso	*223*
21. La pasión futbolera	*233*
22. La caja de sorpresas	*245*
23. Los caprichos de la ley	*253*
24. Libre Mercado	*263*
25. El principio del duelo	*271*
26. El manicomio vial	*279*
27. Las memorias de don Eligio	*287*
La Nota Roja	*331*

1

CAMBIO
DE VIDA

—¿Qué ves?

—Una puta.

—¿Qué es una puta? —me preguntó Leonardo Eguiarreta el día en que nos conocimos.

Por primera vez en mis cortos diez años había conocido a alguien que no tenía idea de qué era una puta. Entonces descubrí que yo tampoco sabía realmente el significado. Para mí, según mis compañeros de la calle, esas mujeres vendían su cuerpo. Vulgarmente tenía una idea, pero, ¿cómo explicarle a un niño ciego, qué puta madre era una puta?

Jamás había tenido que explicar el significado de una palabra a alguien. Y ese día, Leonardo, apareció en mi vida. Y lo cambió todo. Y cuando digo todo, en realidad quiero decir todo. Yo nací, como decía mi papá, el Borrachales, por puro pecado. Y es que él decía que tener cinco hijos, con lo jodidos que estaban era un pecado capital. O sea, nací pecador y seguí siendo mientras comía de a gratis, según el Borrachales. Todavía no había cumplido los siete años cuando me mandó a la calle a pedir dinero.

—Y más te vale que no regreses si no traes por lo menos cien pesos, cabrón, bueno para nada —me dijo el Borrachales.

Y pues, yo la verdad no sabía ni cómo empezar. Caminé por quién sabe cuántas calles. Recuerdo que hasta me puse a chillar. Al finalizar el día junté poco menos de cuarenta pesos. ¿Tienes idea de la que me esperaba? Una paliza segura. El Borrachales no me lo iba a perdonar. Y esa noche me fue como en feria. Eso explica las cicatrices en mi espalda. Me amarró a la chapa de la puerta y me azotó con un cinturón.

—Tienes que pagar tu pecado —me gritaba el Borrachales y mi mamacita nomás no podía hacer nada. De por sí ya estaba chimuela de tantos golpes que había recibido. Mejor se le hincaba y le berreaba: ¡Pégame a mí! No conforme con el martirio en el que me tenía, el Borrachales rompió una botella y me tazó toda la espalda.

Cuando el tormento llegó a su fin, mi mamacita me cargó y me curó todas las heridas. Pero yo tenía que sanar por mi cuenta la más profunda de todas las heridas. Dejé que los días pasaran y soporté las tundas que vinieron. Hasta que por fin la hora del duelo hizo presencia, el Borrachales se encontraba bien borracho; llegó echando madres, exigió que mostrara todo el dinero que tenía y que con éste fuera a comprarle una botella de Mezcalito. Pero qué le iba yo a andar comprando una botella más, si lo que buscaba era dejar de trabajar para el borracho ese. Salí y me di una vuelta por la cuadra para que pensara que sí lo había obedecido. Al llegar, lo encontré bien dormido, roncando como oso en el sofá. Hasta se le caía la baba. Tomé uno de los envases de cerveza que se encontraban en el piso y con todas mis fuerzas se lo azoté en la cabeza hasta que se rompió. Y ya mero le rebanaba la espalda, pero en ese momento salió mi mamacita del cuarto y me quitó lo que me quedaba de la botella en la mano.

—¿Qué hiciste, Poncho? —me preguntó y empezó a llorar al ver la embarradera de sangre en el sofá viejo y apestoso—. Vete de aquí. No vuelvas. Escóndete. Si está muerto te van a meter a una correccional, y si no, namás despierte te va matar.

El Borrachales levantó una mano, se tocó la cabeza y preguntó qué le había ocurrido.

—Anda. Vete de aquí, Ponchito.

Llegué a la puerta y antes de salir alcancé a escuchar que mi mamacita le respondía: Pues tú, menso, que se te ocurre dejar las botellas de cerveza en la repisa; mira nada más lo que acaba de ocurrir, se te cayeron en la cabezota.

Nunca más volví a saber de mi mamacita. Me dediqué a mendigar descalzo y apestoso por las calles. En ocasiones berreaba en los vagones del Metro. Cuando mal me iba, robaba carteras. Vivía en la calle. Mi dirección entonces, era, nada más y nada menos que la avenida Reforma. También limpiaba parabrisas. Mi vida era extremadamente monótona. Simplona. Vergonzosa. No era nada humilde. Era, como decimos, los piojos de Polanco, un pinche naco hediondo. ¿Que qué es un piojo de Polanco? Un nuevo rico. Nosotros, hace algunos años que dejamos de ser piojos, pues el castigo se nos retira después de diez años, según la elite.

¿Que cómo llegué hasta aquí, si en mi niñez pertenecí a lo más bajo y hediondo que existe en la sociedad? Pues no fue nada fácil. Tuve que aprender a leer y a bañarme todos los días. También fui obligado a comer con la boca cerrada, a no masticar chicle, a no eructar en público, a no escuchar cumbias ni guaracheras ni nada que tuviera que ver con la plebe. Parece fácil, pero no es así. Cuesta trabajo adaptarse a la sociedad. Y yo tuve que hacerlo, tuve que aprender a comportarme.

Leonardo Eguiarreta fue mi profesor. Él me enseñó a comportarme. Sin él yo no sería nada de lo que soy ahora. Gracias, Leo. Esa tarde yo mendigaba por Reforma, cuando de pronto me encontré con un niño que lloraba sin cesar. La verdad no me llamó la atención su lloriqueo, sino una mochila que se encontraba a su lado. Él estaba sentado en la banqueta; yo tenía un plan; caminar a su lado, arrebatarle la mochila y salir corriendo, pero noté dos cosas: el niño estaba ciego y además desolado.

—¿Qué tienes? —le pregunté.

—Me perdí. No sé cómo llegar a mi casa —y se secaba las lágrimas.

—¿Y por eso estás llorando?

—Sí.

—¿Y qué se supone que puedo hacer por ti?

—En mi mochila tengo la dirección de mi casa.

—Déjame ver —le dije y busqué entre sus pertenencias—. No. Aquí no hay nada, más que puras cosas que no nos sirven de nada.

Y el chamaco tomó la mochila y buscó detenidamente, como si con las manos pudiera ver cada objeto. De pronto comenzó a llorar con más fuerza.

—¿Y ahora, qué voy a hacer?

—Pues, aguantar lo que viene.

—¿Cómo te llamas? —me preguntó sin mover la cabeza. Sostenía su bastón con las dos manos.

—Alfonso, pero mis cuates me dicen Mataborrachos. ¿Y tú?

—Leonardo —dijo y puso la frente en su bastón.

—¿De veras no puedes ver nada?

—No.

—¿No sabes cómo son las calles ni qué hay en ellas? —le pregunté y miré en varias direcciones, casi con intención de señalar las paredes viejas, la basura en el piso y a los mendigos.

—No, yo casi nunca salgo de mi casa.

—Pues no te pierdes de mucho. Las calles no son tan bonitas que digamos. Muchas cosas son feas.

—¿Cómo qué?

—Pues, todo lo que está frente a nosotros es feo.

—¿Qué ves?

—Una puta.

—¿Qué es una puta?

—Pues, una puta es una puta. ¿No sabes qué es una puta?

—No —respondió y puso cara de asombro.

—Pues las de aquí son viejas, gordas y feas.

—¿Qué es una puta?

—No, pues sí que te tenían encerrado. Son mujeres que se venden.

—¿Cómo? ¿A quién?

—A los hombres; no a los niños como tú y yo. Les dan besos y los abrazan.

—¿Entonces son buenas?

—No. Por lo menos conmigo jamás han sido buenas. Siempre me gritan y me dicen: Lárgate de aquí, pinche escuincle apestoso.

—¿Entonces, quién nos puede ayudar?

—Aquí nadie —le dije y observé en varias direcciones, tomé una piedra del piso y la lancé a la calle; ésta rebotó y le pegó a un carro de policía que transitaba por ahí, el oficial se detuvo y se echó en reversa: «A ver si le avientas piedras a tu puta madre, pinche escuincle piojoso».

—Llámale a un policía —añadió Leonardo con mucha seguridad, casi con entusiasmo.

—Sí, cómo no, ¿y luego?

—Les pedimos que nos lleven con mi mamá.

—Hasta crees. Esos cabrones sólo saben pedir dinero y mentarle la madre a los niños de la calle.

—Yo tengo dinero en mi mochila.

—Ya te dije que ahí no tienes nada. Revisa tú mismo, para que me creas.

Por un instante sentí ganas de pararme y dejarlo a su suerte. Pero algo me decía que no llegaría muy lejos. En cambio, a mí me serviría mucho.

Los ciegos son los que más ganan en los vagones del metro. Entonces lo llevé conmigo a donde vivía, en una coladera, le di de comer, le enseñé a caminar por las calles, a ganarse la vida, como se hace en esta ciudad, a soportar el frío, a luchar por el pan de cada día, a respetar la vida, a subirse al Metro, a mendigar, a ver, sí, a ver eso que en su casa nunca había podido visualizar, a compartir la desdicha.

Y cuando supe que era el momento adecuado, lo dejé partir; me alejé de él, busqué mi futuro, el progreso del que él tanto me hablaba, de eso que él decía que era maravilloso, eso que era dormir en una cama, desayunar todos los días, ver ese aparato casi desconocido llamado televisor (y que él nunca vio pero escuchaba), leer eso inexplorado llamado libros, tener eso que yo no había tenido: una familia.

Llegar no fue lo difícil, sino entrar, ganarme la confianza de la señora. Me senté en la banqueta por casi un mes. En cuanto veía que el carro salía me acercaba, le limpiaba el parabrisas y le pedía una limosna. Las primeras veces ella abría la ventana y me daba unas monedas, yo notaba en su cara una tristeza incurable. En ocasiones me sonreía. Pero luego de notar que yo no me iba de ahí, una mañana, una maravillosa mañana se detuvo y me preguntó dónde vivía y le respondí que no tenía casa ni familia. Se bajó del carro y me llevó al interior de la casa, me dio de comer, me vio con mucha ternura, luego me dio ropa nueva.

—¿Me puedo quedar a dormir en el jardín, *señito*? —le pregunté.

Ella dejó escapar una lágrima, movió la cabeza, se tapó la boca con una mano y me respondió: No. ¿Cómo crees que te vas a quedar en el jardín? Aquí tenemos una recámara en la que te puedes quedar.

Pasamos por la sala y subimos por una escalera alfombrada. Los muebles olían a nuevo, las paredes a pintura fresca, las cortinas a perfume. En el segundo piso encontré un pasillo largo con fotografías en las paredes.

—Él es mi hijo —dijo y me señaló un retrato en donde Leonardo Eguiarreta Vizarrón sonreía con la mirada en la nada—. Hace casi un año se perdió. Íbamos caminando. Había muchísima gente. Teníamos que cruzar una avenida. Esperamos a que el semáforo cambiara. De pronto, desapareció. Lo busqué toda la tarde hasta el anochecer y todos los días que siguieron. Y no dudo que un día lo encuentre. Si tú quieres, te puedes quedar en su recámara y el día que vuelva la compartirán como dos buenos hermanitos.

Y aquí me tienes, Dianita. Desde entonces tengo apellido y familia. Ahora mi nombre es Alfonso Eguiarreta Vizarrón. Sé que la duda te inquieta, que no te imaginas cómo es que llegué hasta aquí. El día en que conocí a Leonardo, ignoraba tantas cosas. Él me pidió que buscara en su mochila una cartera con una dirección para que lo llevara a su casa. Pero la codicia me engatusó, me hipnotizó. Noté que traía varios billetes, una identificación y unos papeles con teléfonos y direcciones para llamar en casos como esos. Claro que no pensé en ir a la casa del cieguito que chillaba frente a mí. Sólo pensaba en salir corriendo con unos cuantos pesos en la bolsa, no sé, cenar algo rico esa noche y olvidarme de él. Luego lo llevé conmigo y escuché tantas cosas que parecían inalcanzables. Inimaginables. Pensé en alguna ocasión en confesarle la verdad pero, luego, algo me hizo pensar en mi futuro. Él regresaría sano y salvo a casa y yo me iría a dormir a mi coladera apestosa.

Dianita, escucha, tranquilízate, tú y Lola saben mejor que nadie que la pobreza acorrala, ahorca, asfixia y mata. Mata a gente inocente. Yo quería conocer tantas cosas que Leonardo me platicaba. Dormir en una cama, comer tres veces al día, ir a la escuela. Tenía diez años. Estaba equivocado. Sé que le robé la vida. Y de eso me di cuenta demasiado tarde. Los primeros días me engolosiné con todo lo que en esta casa me regalaron. De la noche a la mañana era un *niño bien*. Perdí el control de la situación y el día que desperté, había cumplido dieciséis años. Era demasiado tarde. Yo no puedo confesarles esto a los señores Eguiarreta y Vizarrón, mis padres adoptivos. Necesitaba decirle esto a alguien. Pero no llores. Lo hecho, hecho está. Mejor dame un beso. ◆

2

EL HIJO BUENO

No, señor. No, señor. A una madre no se le puede juzgar de esta manera. No, señor, este trato es inhumano. No se me puede enjuiciar por proteger a mi hijo. ¿Que si me arrepiento? Pues cómo cree, si lo tuve en el vientre nueve meses. Yo fui testigo de sus primeras pataditas. ¿Tiene usted idea del dolor que se siente parir a un hijo en la banqueta de un hospital? Yo sí lo sé. Yo lo viví a media noche. Yo tuve que pujar a la luz de la luna con ayuda de Dios y algunos cristianos. No me aceptaron en el hospital dizque porque no tenía seguro y que una cita y que una identificación y que las prioridades y que a mí todavía me faltaban quién sabe cuántas horas. Y pues ya qué, mi Ramoncito no se pudo esperar. Ya luego llegaron unos paramédicos que le cortaron el cordón a mi bebé y lo limpiaron, lo revisaron y me dijeron que estaba bajo de peso y quién sabe qué tantas cosas más, que yo sabía de sobra.

¿Se da usted cuenta que a mi Ramoncito le tocó la de malas desde el día en que nació, que a los pobres no nos dan a elegir? ¿Entonces, cómo me pide que le responda lo contrario? Sí. Yo lo vi nacer. Yo lo cuidé, lo amamanté, le lavé los pañales de trapo, lo vestí. Pasé hambre para que él tuviera un pan para llevarse a la boca. Y cuando no había de comer, tuve que pedir prestado. Lola, la vecina, algunas veces me ayudó, ella supo de todas las trabas que Ramoncito y una servidora encontramos en nuestro camino. Ella fue mi testigo y cómplice.

Lola, en paz descanse, me hizo el favor de cuidarme a Ramoncito siempre que hubo la necesidad. Usted sabe, una mujer como yo, dejada, tiene que buscar el pan para su hijo. ¿Y qué se supone que debía hacer? Si el padre de mi chamaco se fue de la casa, así nomás, sin decir adiós y sin dar las gracias. Y digo gracias porque el desgraciado jamás fue capaz de llevar un peso allá a su humilde casa en la punta del cerro, donde *lagua* no llega.

En ocasiones, cuando de veras no había ni una tortilla para comer, Lola, Lolita, nos invitaba a su jacal y compartía con nosotros los frijoles que escaseaban en su olla. Come bien Ramoncito, le decía la Lola a mi chamaco. Luego nos llevaba cosas que le regalaban en la casa donde trabajaba de sirvienta. A según esto, sus patrones tenían harto dinero. En veces le regalaban camisas, pantalones, juguetes, cuadernos, hasta comida. Lola, la Lolita, siempre fue ley con nosotros.

Fíjese, señor juez, que una noche de esas frías nos llevó casi la mitad de un pavo relleno de salchichas y jamón y hartas cosas bien ricas. Ramoncito, que apenas había cumplido los tres años, hasta se chupó los dedos. ¿Me creerá que también le regalaron una botella de esas que cuestan harto dinero? ¿A poco esto es la Champaña?, le preguntaba y me reía. Tú tómale, Justina, me decía la Lola, que esto caduca.

Ah qué tiempos aquellos. Le digo que la Lola era como de la familia. Era más que una hermana. Era mi confidente. ¿Y así me quiere juzgar? Tanto así, que cuando tuve que buscar un trabajo ella misma se ofreció a cuidar al Ramoncito. Anda, mujer, me decía la Lola, que yo te cuido al chamaco. Hasta que por fin la virgencita me cumplió el milagro de encontrar una chamba. A la Lola no le hizo mucha gracia que yo llevara el trabajo a la casa, sin embargo, aceptó que Ramoncito se durmiera en su jacal mientras yo trabajaba. Qué otra cosa podía yo hacer si no aceptar lo que había.

¿Disculpe? No le escuché. Puede repetir la pregunta, señor juez. ¿Que qué hacía? Era costurera en una fábrica de ropa. Luego el delegado me pidió que le ayudara con unos trabajos en mi casa. A según esto, él planeaba abrir una fábrica por su cuenta. Me dijo que si aceptaba yo sería la nueva delegada. Cuando supo de la existencia de Ramoncito me dijo que lo encargara con alguien para que no lo molestara con el ruido de la máquina, y que pues, una de esas noches, pasaría por el encargo. Y así fue, llegó y se quedó a cenar y luego me hizo una propuesta a la cual no me pude negar. Me pidió que fuera su… su querida, pues.

¿Usted cree que a mí me gustaba el viejo ese? ¡Claro que no! Pero todo lo hice por el amor a mi Ramoncito. Por eso mismo acepté la propuesta. Meses después lo despidieron. Y qué bueno porque de él no quiero ni acordarme. Fíjese usted que el muy desgraciado me golpeó una vez que llegó borracho. La Lola me decía que ya dejara ese trabajo. Pero, cómo, y luego, qué va a pasar con él mí Ramoncito, pensaba.

Yo te lo cuido mientras buscas otra chamba, me respondía la Lolita que ya trabajaba como sirvienta en otra casa. Pues fíjese que cuando ella se embarazó la corrieron dizque por cusca. A según esto la chamaca era del patrón. Pero eso a la Lola no le importó, pues, fíjese, usted que luego, luego consiguió otra chamba. Pero en la casa de los Eguiarreta debía quedarse a vivir. Te voy a extrañar, Justina, me decía. Anda, mujer, no seas chillona, le respondí.

Y pasaron los años, señor juez, y la Lola seguía visitándonos cada semana, hasta que la niña, Dianita, se convirtió en mujer. Mi Ramoncito ya era un joven de dieciséis y ella apenas había cumplido los trece, pero se echaban unas miradas que *pa'* qué le cuento. La lola y yo nomás nos reíamos quedito del puro gusto. En una de esas, hasta se nos casan los chamacos, Justina, me decía y se reía la Lola que quería harto a mi Ramoncito. Y mi chamaco se desvivía por Dianita. Pero, creerá usted que no le decía nada cuando la veía. Ya sabe usted cómo son los jóvenes de miedosos a esa edad.

Ramoncito ya trabajaba. Fíjese usted que la primera vez que le pagaron llegó corriendo a la casa y me trajo un vestido *rebonito*. Hasta me dieron un titipuchal de ganas de llorar. No chille, jefita, me decía mi chamaco. Un mes más tarde me compró una estufa, de esas que no necesitan cerillos para encender, y luego un refrigerador, y una bomba de agua para que ya no tuviéramos que andar cargando *lagua* en cubetas desde el cerro.

Por eso le digo, señor juez. No me juzgue. No me culpe. Si algo hice por mi hijo, fue poco. Mire que él desde los diez años se opuso a que yo siguiera trabajando. Hartas veces me dijo: Jefita, ya no trabaje. Vengase a dormir. Claro que yo me negaba. Ya después cuando creció me cumplió la promesa. Cumplidos los dieciséis años, me hizo que dejara ese trabajo en la fábrica. Fíjese que un día me llegó a la casa con un libro harto bonito. Me enseñó a leer, ¿usted cree? Mi niño quería que su jefita conociera las letras. Y yo le decía que ya era demasiado tarde para eso, pero el chamaco terco no dejó de insistir hasta que me llevó a una de esas escuelas para adultos. Me decía: Yo ya fui a la escuela, jefita, ahora le toca a usted.

Nunca pensé llegar a ser tan feliz. Mi Ramoncito lo hizo realidad. Mi hijo. El verdadero amor de mi vida. Mi luz. Mi razón de vivir. Ahora, dígame usted. ¿Qué no haría por un hijo como el mío? ¿Usted le haría algún mal? ¿Lo traicionaría? ¿Sería capaz? ¿Usted lo enviaría a la cárcel? No, señor. Yo no. Que si le lavé la camisa, sí señor, yo la tallé y le quité las manchas con ese jabón nuevo que él mismo me trajo del mercado. Cómo no, si le gustaba tanto. Esa tarde yo misma la había planchado. Me dijo que iba a ver a Dianita a la casa de los Eguiarreta. Ya tenían hartos meses de novios. La Lola, Lolita, estaba recontenta. Y fíjese usted que se querían mucho los chamacos. Mire que Ramoncito no pensaba en nada más que en ella. Estaba enamorado. Hasta le compró un ramo de rosas antes de ir a verla. De veras, señor juez, no tengo idea. No sé qué fue lo que pasó esa tarde. De haberlo sabido, yo misma habría evitado que Ramoncito hubiera salido de la casa. Entiéndame, señor juez. A una madre no se le puede juzgar de esta manera. A una madre no se le puede enviar a la cárcel por ayudar a su hijo.

Que mató a la Lola y a los dueños de la casa, dice usted. ¿Por qué? Yo también me hice esa pregunta. Pero qué le iba yo a andar haciendo tantos cuestionarios en ese momento en el que lo que menos necesitaba era un interrogatorio. A mi chamaco le urgía un apoyo. De veras que no le pregunté nada. Sí, señor, lo vi llegar a la casa todo empapado. Esa tarde llovía fuerte. Se quitó la chamarra y entonces noté que la camisa se encontraba harto manchada de sangre; me dijo que había ocurrido una desgracia. Nada más eso. Se sentó frente a mí y me pidió que lo ayudara. Las manos le temblaban harto. Sus ojos se encontraban rojos. Frente a mí estaba la cara más triste que había divisado en toda mi vida. Sus ojitos brillaban de tan mojados que estaban de tanto llorar. Supe que mi único deber era estar con él. Si no hoy me estaría muriendo de dolor en un jacal vacío. Sí, señor, eso dije. Vacío. Pues sin mi Ramoncito ese lugar no sirve de nada, es un lugar desocupado. Que Dios nos perdone y nos ampare. Y que tenga en su santa gloria a la Lola y a sus patrones.

 Dice usted que eso es complicidad. Está bien, mi hijo necesitaba un cómplice. Y yo no me iba a negar. No me arrepiento. Hoy puedo morir en paz. Es mi hijo. Sí, señor. Yo le lavé la camisa bañada en sangre. Yo lo acompañé a la estación de autobuses. Yo me fui con él hasta la frontera. Es mi hijo y lo volvería a hacer las veces que fuera necesario. ◆

3

EL PESO DE LA CULPA

LA CULPA ES UN COSTAL que sube de peso con el paso de tiempo. Pero hay de culpas a culpas. Y de culpables está lleno el infierno. Hasta hace unos días mi vida había sido casi perfecta. Y quizá ese haya sido mi error. El día que pensé que no me faltaba nada, que todo en mi vida era perfecto, supe de la muerte de Juan.

—*Sí, cómo no.*

—No sea usted cabeza dura, señor. Ya le dije que quiero llevarme este cadáver. Deseo darle santa sepultura. ¿Qué no le basta con el dinero que le acabo de dar? ¿Para qué le interesa saber más? Ayer le dije por teléfono que el difunto era un gran amigo mío.

—*Sí, pero resulta que usted dice que su amigo se llamaba Juan y no es así. Al difunto lo reconocieron los vecinos como Leonardo.*

—Así es, se llamaba Juan Leonardo.

—¿Cuál era su apellido?

—No lo recuerdo.

—¿Ya lo ve? Usted está mintiendo. ¿Cómo sé que usted no lo mató? Me acaba de decir que la culpa es un costal de papas y quién sabe qué tantas tonterías. ¿Cómo espera que le crea?

—Ya se lo dije. Juan Leonardo me pidió que lo llevara a su casa la noche del accidente; yo me negué, le dije que no tenía tiempo. Y por eso me siento culpable de su muerte.

—Pero… —una sonrisa irónica— …si el difunto era un pordiosero.

—¿Qué?

—¡Ya lo ve! —otra sonrisa irónica— A mí se me hace que usted lo mató. Lo mejor será que llamemos a las autoridades.

—¡No! —unos ojos inflados— Está bien. Si así lo quiere le diré la verdad pero necesito que me prometa que no llamará a la policía.

—Lo escucho. Si logra convencerme lo dejaré llevarse al muertito. Pero de no ser así, levantaré ese teléfono y las autoridades se harán cargo del asunto.

—¡Está bien, está bien! Nada más deje me siento. ¿Puedo usar esta silla? ¡Qué frío hace aquí!

—Claro —dispara las pupilas al techo.

—Como le dije hace unos minutos, la culpa es un costal que sube de peso con el paso del tiempo. Y hasta hace unos días mi vida estaba casi libre de culpas. Usted sabe, nunca falta la trivialidad que lo inquieta a uno, pero nada que ver con lo ocurrido hace menos de una semana.

—*¡Al grano, que ni el muertito ni yo tenemos su tiempo!*

—Iba saliendo del trabajo, tenía prisa, necesitaba llegar a mi casa y darle una buena noticia a mi esposa.

—*¿Qué noticia? Digo, a lo mejor eso nos da algunas pistas, señor... ¿Cómo me dijo que se llamaba?*

—Pablo Ursúa Palafox. Esa noche me informaron en el trabajo que había recibido un aumento de sueldo.

—*¿Y por eso lo mató?*

—¡Déjeme hablar! El semáforo estaba en verde. Saqué el teléfono para marcarle a mi esposa y pedirle que se alistara para salir esa noche, pensaba llevarla a cenar. De pronto sentí que algo golpeó el auto, iba demasiado rápido, no me pude frenar. Pensé que había atropellado a un perro. Luego por el retrovisor vi que se trataba de una persona. Tuve mucho miedo. Ni siquiera intenté detener el auto. Llamé al número de emergencias y reporté los hechos con la esperanza de que pronto llegaran los paramédicos y lo atendieran.

Se me partió el alma en dos. Llegué a casa y tuve que fingir. Mi esposa se encontraba extremadamente feliz. Ella sabía que algo bueno tenía que contarle, pues muy pocas veces salimos de noche, la economía no nos ha dado para más. La llevé a un restaurante modesto; le conté lo del aumento e intenté sonreír todo el tiempo. «¿Qué tienes, mi vida?», me preguntaba. ¿Y sabe usted qué le respondí? Le dije que me daba miedo no poder con las nuevas responsabilidades y tantas trivialidades. «Tú eres un gran hombre, profesional y responsable», me respondió. Y sentí un impulso por confesarle que había atropellado a un cristiano y que era un pedazo de mierda por no haberme detenido para asumir mi responsabilidad. Al llegar a casa, ella propuso que hiciéramos el amor. Accedí, pero desde el principio supe lo que ocurriría. No pude. ¿Usted me entiende?

—*No* —responde con un gesto serio.

—¿No? —insiste con asombro.

—*Claro que no.*

—Como sea —suspira—. No pude dormir esa noche. En cuanto supe que ella estaba dormida, me levanté de la cama y caminé a la sala. Fumé y fumé hasta el amanecer. La culpa me estaba estrangulando. ¿Alguna vez le ha ocurrido que las manecillas del reloj simplemente parecen no avanzar?

—No… Bueno, la verdad es que sí. Eso me ocurre cuando platico con los muertos.

—¿Qué? —levanta la cejas.

—Sí —sonríe—. *Antes de hacerles la autopsia. Los observo, les hago preguntas, me presento, los tuteo… Eso sí con mucho respeto. Necesito su confianza, que me den permiso. Ya ve que los muertitos luego se enojan y hacen cosas. Entonces les anticipo que en unos minutos los voy a abrir: «Es por tu bien, compadre», les digo, necesitamos hacerte justicia, hay que investigar por qué estás aquí, en el gran palacio forense. Y es entonces cuando las manecillas del reloj parecen no avanzar. ¿Qué le puedo hacer? Me comen las ansias de abrir al cadáver. Luego uno se encuentra cada cosa que para qué le cuento. Mire que un día…*

—Ya no me diga más. Con eso es suficiente.

—Tiene usted razón. Sígame contando qué ocurrió después de su crimen.

—¿Crimen? ¡Pero si fue un accidente!

—¡Lo que sea!

—No pude cerrar los ojos esa noche. Encendí el televisor y esperé a que dieran las seis de la mañana para ver las noticias y saber si reportaban algo.

—*¿Las noticias? ¿Por la muerte de un mendigo invidente?*

—Lo sé. Por eso en cuanto pude salí en busca de un puesto de revistas; busqué en el periódico *La Nota Roja* hasta encontrar la noticia. Decía: «Bestia salvaje mata a un invidente. Los testigos afirmaron que el conductor de un auto de lujo negro, circulaba a exceso de velocidad a la altura de Álvaro Obregón y avenida Insurgentes; se pasó el alto y se llevó consigo a un invidente que cruzaba la calle». Pero eso es mentira. A mí no me alcanza para comprar un auto alemán.

—*¡No me diga, señor Ursúa, que tiene un carro alemán!* —finge asombro.

—¡Cómo cree!

—*A mí-se-me-hace-que-usted* —canturrea y apunta con el dedo índice— *sí-tiene-un-carro-alemán. Y no me lo quiere decir para que me conforme con el...* —piensa en el adjetivo adecuado— *do... na... tivo insulso que me acaba de dar.*

—Ese no es el punto. Lo que me hizo sentir una cucaracha fue eso de *Bestia salvaje que mató a un invidente*. Yo no soy una bestia y no sabía que lo había matado y mucho menos que era invidente. La culpa se apoderó de mí. A partir de ese instante perdí la noción del tiempo, perdí la concentración, la confianza en mí mismo, la memoria, el hambre, el sueño. Mi jefe notó que algo me ocurría, me preguntó si me encontraba enfermo. Le mentí; le dije que todo estaba bien. «Pues apúrate, Pablo, que hoy debemos entregar el plan de ventas», me dijo. No me faltaba mucho para terminar. Escribí en la computadora: «Inversión estimada en activos fijos».

—*¿Y qué es un activo fijo? ¿Si está activo por qué se encuentra fijo?*

—¡Eso qué importa! Lo que me petrificó fue que en ese momento se abrió una ventana de Internet. Decía: «Se estima que dos personas mueren atropelladas todos los días en esta ciudad».

—*¡Ja! Eso es una mentira. ¿Quién publicó esa tarugada?*

—¡Qué sé yo! Eso no importa. Sentí que todos en la oficina me estaban viendo y me señalaban, que hablaban de mí. Cerré la ventana en la computadora y proseguí con mi trabajo: «Activos fijos».

—*¡Claro! Activos fijos. Es un conjunto de derechos y propiedades que una empresa utiliza como medios de explotación.*

—¿Qué?

—*Nada, no haga caso, estaba pensando en voz alta.*

—Como le iba diciendo, perdí la concentración y esa tarde no pude terminar lo que tenía pendiente. Le dije a mi jefe que tenía una emergencia. Se molestó. «Claro, nada más aseguran el puesto y se vuelven unos aprovechados», me dijo. Salí directo a casa. Necesitaba un poco de paz, descansar, dejar de pensar en lo ocurrido la noche anterior. Para llegar a mi casa, forzosamente tengo que circular por Álvaro Obregón y cruzar por Avenida Insurgentes. De pronto, vi, lo sé, estoy seguro que vi a un invidente cruzar la calle. No estoy loco, sé que lo viví, él se detuvo en medio de la calle, se quitó las gafas oscuras y me señaló con su bastón. Reaccioné rápidamente, di un volantazo para evitar atropellar a un cristiano más. Y me estrellé contra un árbol. Me bajé del auto para asegurarme, esta vez, que no había lastimado a alguien. Sentí la punzada de las miradas a mi espalda, escuché el murmullo de la gente, busqué al invidente que un minuto atrás cruzaba la calle. No lo encontré. Me subí a mi auto y me fui con un golpe en el lado izquierdo de mi carro. Llegué a casa y le pedí a mi esposa, mi linda Griselda, que me diera un masaje y que me dejara dormir toda la tarde y toda la noche si era posible. Griselda siempre ha tenido buena mano para los masajes. Y por eso logré relajarme hasta conciliar el sueño, que pronto se convirtió en pesadilla. El difunto apareció, caminaba hacia mi cama, con su bastón iba tocando los objetos en mi recámara, al sentir mis pies en la cama, los golpeó ligeramente, luego mi espalda, hasta llegar a mi cabeza. Me jaló del cabello y me obligó a despertar. Y lo vi, ahí, frente a mí, con la cara sangrada, con sus gafas oscuras; luego se las quitó y me mostró esos huecos donde debían estar sus ojos, esos hoyos vacíos escurriendo sangre, sangre que goteaba en mi rostro. «Tú me mataste desgraciado, me decía, ¡confiésalo!» Entonces desperté y mi esposa se encontraba a un lado de mí, sentada en la cama. Ella siempre ha dicho que hablo dormido. Y ese día no fue la excepción. Dice que comencé a gritar: «¡Sí, yo fui, yo te maté, yo te maté!» Griselda dice que desde el lunes pasado digo lo mismo todas las noches. Y se lo creo. Porque veo al difunto en todas partes. Por eso quiero darle santa sepultura para que descanse en paz.

—¿Y por eso está tan preocupado?... *No sea puto... Ándele* —estira la mano y abanica los dedos—, *deme el doble de lo que me ofreció, que yo me encargo de darle los santos óleos y un lindo entierro en la fosa común. Sáquese a chingar a su madre de aquí. Y si me sigue fregando, ahora sí le echo a las autoridades.* ◆

4

EL INSOMNIO HISTÉRICO

EL INSOMNIO HISTÉRICO

Todos en mi trabajo me dicen Cruz Roja. Y no precisamente porque sea paramédico de esa institución; sino porque me llamo Ignacio de la Cruz Rojas. No hay de qué reírse ni de qué asombrarse, tengo una prima que se llama Rosa de las Flores Rojas; y otro que se llama Armando Casas Rojas. Y eso no es todo, mi prima heredó una florería; Armando es arquitecto; y yo, créalo o no, nací el 24 de junio, el día del paramédico. Y efectivamente soy paramédico del EAP, Escuadrón Azul de Paramédicos. No me diga que no sabe quiénes somos. ¿Acaso no ha visto las ambulancias azules por la ciudad? ¿Ya se acordó? ¡Claro! Somos esos paramédicos que andan por la ciudad con un bote. Para nosotros la colecta no termina jamás. Yo sé que con eso le damos mala fama a otras instituciones, pero no hay de otra, la economía no da para más.

Sé que lo que le acabo de decir no tiene relevancia y probablemente usted se pregunta la relación con la paciente. Pero ahora que lo más crítico pasó, creo necesario narrarle los hechos desde el principio, doctor Escobar. *Noctámbulo* es una palabra que para mí ya no tiene sentido. Trabajo de noche, casi no duermo, hace mucho que dejé de gozar de tan preciado privilegio. Justamente cuando logro acariciar un sueño, o emitir un ronquido me despierta la sirena de la ambulancia o cualquier otro sonido imbécil. Vivo solo. Tengo una mascota.

Hace poco menos de un año recibí un rottweiler de regalo. Lo llamé *Druppy*. Yo todavía alcanzaba a dormir unas cuantas horas poco antes de salir a trabajar. El cachorro dormía veintiún horas al día: sólo despertaba para comer y cagar.

La sorpresa fue que treinta días más tarde el perro ya pesaba cinco kilos y dormía cuando yo no estaba. Es decir que las ocho horas que pasaba en casa eran para reparar los destrozos de *Druppy*. A los dos meses ya había despanzurrado todos los cojines de la sala y deshilachado las cortinas, los manteles, cobijas y trapos de la casa.

Hasta que me harté: lo saqué a la terraza, que mide dos por tres. Pero el remedio resultó peor que el resfriado. Ladraba todo el día, precisamente cuando yo llegaba del trabajo. Y dormir resultó cada vez más difícil. En una ocasión sentí ganas de matarlo pero justo cuando lo iba a inyectar se me quedó viendo con cara de *yonorompounplato,* hasta se echó al piso, y movió lo poco que le quedaba del rabo. En ese momento escuché algo que jamás había oído en los tres años que tenía viviendo en el departamento. Alguien tenía música a todo volumen. Y cuando digo a todo volumen me refiero a que no era una grabadora cualquiera, sino un sistema de sonido potencial.

Ese día se estaban mudando los vecinos del 16. Pensé que por tratarse de tan emotivo evento (haber comprado un departamento) era aceptable que festejaran con tal euforia. Olvidé que había planeado sacrificar al pequeño *Druppy*. Intenté dormir; no lo logré. Como muchas otras veces salí molesto y me fui a cubrir. Para entonces ya me habían dado mi propia ambulancia en el EAP. Regresé al día siguiente, como a las once de la mañana. *Druppy* estaba en silencio. Me saludó moviendo su corto rabo y se echó al piso como si entendiera que ya no debía ladrar. Sentí gusto de saber que el cachorro había entendido la lección. Desayuné y me fui a dormir. Por fin en muchos días lograba conciliar el sueño. Fue una delicia. Un paraíso. Un... no sé cómo explicarle. Rico. Hacía muchos días no dormía, y eso fue la gloria. Gloria que no duró más de media hora. Me encontraba en un sueño maravilloso cuando de repente escuché: *¡Pum pum pum pum! ¡Dame más gasolina, dame más gasolina!* Me tapé los oídos con la almohada e intenté volver a mi sueño. Luego le siguió otra canción: *¡Ella necesita, ella necesita!*

No tengo idea de cuántos minutos u horas transcurrieron hasta que perdí la paciencia y salí del departamento y toqué la puerta con todas mis fuerzas. Para mi sorpresa, salió una jovencita de quince años. Se encontraba envuelta en una toalla. Le pedí de la manera más cordial que encontré que le bajara al volumen. Ese día respondió con tal dulzura que me sentí un patán por aniquilarle el espíritu que yo hace muchos años perdí: el de la juventud. Me dirigí a mi recámara y me acosté con remordimiento. Le di quién sabe cuántas vueltas a la cama hasta que me puse de pie y fui al departamento de la niña, le ofrecí mil disculpas y añadí que no se preocupara, que si quería podía subirle un poquito. Regresé a mi cama pero no logré conciliar el sueño.

Al llegar la tarde salí a correr con *Druppy* a un parque que se encuentra muy cerca de los departamentos donde vivo. Hice de comer y la música seguía; más tarde me fui a cubrir. Era sábado, usted ya sabe que en esos días ocurren demasiados accidentes. Regresé al amanecer, excesivamente cansado, me dolía la espalda. No había ruido. Todo se encontraba en silencio. Caí en mi cama como tabla. Y de pronto la música, una vez más: *¡Dame más gasolina, dame más gasolina!* Mi tolerancia llegó a su límite. Salí enojado y toqué la puerta del 16 una vez más. «¡Ya bájale, princesa, necesito dormir!», le dije con dulzura. La niña, otra vez, salió cubierta en su toalla, me sonrió y puso su cara de soy la niña buena del edificio, mira, qué linda soy.

Y para qué le hago la historia más larga. El episodio se repitió todos los días hasta que la niña se hartó y le valió un pinche cacahuate lo que yo le decía: entre más le pedía que le bajara, más le subía a su escándalo. Va a decir usted que soy un mamón, pero en realidad intenté dormir con tal bullicio. Trabajar en ambulancias le educa el oído a uno a despertar con el menor ruido.

Pasaron ocho meses y la pinche naquita esa, nomás no le paraba a su ruido. Con decirle que el día que puso a José José supe que algo le ocurría. Dije: «A esta niña le acaban de romper el corazón». Y es que no nada más ponía su música a todo volumen; también berreaba: *¡Qué triste fue decirnos adiós!* En ocasiones me asomaba por la ventana y la veía tristeando apoyada en el barandal, mirando a la nada.

Luego le dio por escuchar a Luis Miguel tres semanas seguidas. Tuve que aventarme tooooda su discografía. Se lo repito, todos los días le pedí que le bajara al volumen, pero cada vez que cometía tal osadía, el resultado se presentaba un segundo más tarde: le subía más.

Y para echarle limón a la herida, a *Druppy* le dio por aullar con las canciones de Luis Miguel. Resultaba cada vez más difícil conciliar el sueño. Muchas veces, para evitar el ruido me iba a dormir a un motel cerca del departamento, lo cual, en pocas semanas afectó mi economía. No me podía cambiar de casa, me faltan veintiséis años para terminar los pagos de mi departamento. Llamé a la policía y me respondieron que ellos no podían intervenir. Hablé con los padres de la niña, que trabajan todo el día, y me dijeron que no me preocupara, que tomarían cartas en el asunto. ¡Sí, cómo no! Además me enteré por ellos que a la niña la habían expulsado de la escuela por mala conducta. Parece que lo que les dije les entró por un oído y les salió por el otro. Intenté levantar una demanda y me dijeron en el ministerio público que tenía que contratar un abogado y quién sabe qué tantas pinches pendejadas.

Creo que todo esto resulta obvio. Me encontraba hasta la madre de la pinche escuincla escandalosa hija de su putísima madre. Disculpe usted. En palabras más finas y simples, no podía dormir, estaba al borde de la histeria.

Ayer me tocó cubrir. El primer caso era el asesinato de una familia y su sirvienta en Polanco. Aparentemente, aún se encontraban con vida, pero cuando llegamos, ya estaban muertos. A un loco le dio por apuñalarlos. Más tarde nos informaron de un atropellado en Insurgentes y Álvaro Obregón. Hicimos todo lo posible pero antes de llegar al hospital entró en paro respiratorio y se nos fue. No sé a qué se debió que la noche estuviera tan activa. Luego nos reportaron que un borracho se había caído de un quinto piso. Tenía trauma craneoencefálico; lo llevamos al hospital Balbuena. Después nos tocó un caso medio raro: según esto, la paciente sufría de esquizofrenia, pero yo creo que su esposo la quería matar. Llegada la madrugada nos llamaron por un choque en Periférico. Enseguida un baleado y finalmente un quemado. La noche fue demasiado pesada, usted lo sabe, doctor Escobar.

Llegué a mi departamento a las diez de la mañana; intenté dormir pero la música comenzó a aturdir mi sueño minutos después; luego, el escándalo cesó.

Eso llamó mi atención, algo tenía que estar ocurriendo para que hubiera tanto silencio. Increíblemente eso me inquietó. No pude dormirme. Decidí entonces ir a correr con *Druppy*. Cuando de pronto noté que la escandalosa caminaba frente a mí. *Druppy* estaba suelto. Por alguna estúpida razón se me ocurrió decirle: ¡Cómetela, *Druppy*!

Para mi sorpresa, el perro se echó a correr tras ella y en cuanto la alcanzó, se le fue encima. Yo imaginé que solamente le iba a dar un susto. Le soy sincero, pensé que estaba jugando con ella. Luego vi que le mordía la pierna y los brazos y la cara. La niña gritaba con dolor mientras *Druppy* la zangoloteaba con gran facilidad. Yo me encontraba a diez o doce metros de ahí. No supe qué hacer en el momento. Sé que eso suena estúpido viniendo de un paramédico, pero, la verdad, sentí un gusto enorme. No sé, es algo que jamás había experimentado. Yo fui el único testigo del dolor de la niña. Nos encontrábamos en un callejón en donde casi nadie transita. Entonces *Druppy* volvió con el hocico ensangrentado, todo lleno de alegría, agitaba su pequeño rabo, parecía que él también estaba harto de tan odiosa música.

Corrí con el perro al departamento y lo guardé en el baño. Me cambié de ropa, pues *Druppy* me había ensuciado de sangre, y subí a mi ambulancia, no activé la sirena y me dirigí al callejón en donde se encontraba la niña que gritaba de dolor. Ya había gente a su alrededor. Usted sabe, nunca faltan los mirones, que sabrá Dios de dónde salieron. Me bajé de la ambulancia con mi equipo. Me presenté tal cual exige el protocolo: *Hola mi nombre es Ignacio, soy paramédico del Escuadrón Azul de Paramédicos, ¿te puedo ayudar?* La niña me vio y por sus ojos supe que no me estaba culpando de su tragedia. No podía hablar: *Druppy* le había hecho muchas heridas avulsivas en cara, cuello, tórax, y miembros pélvicos. Para entonces ya había perdido demasiada sangre. Ella seguía mirándome de una manera muy extraña. Su ritmo cardiaco se encontraba alto. Me acerqué lo más que pude y le susurré al oído: *Si quieres que te ayude tienes que prometerme que nunca, nunca más, en tu pinche vida, escuincla pendeja, pondrás esa música de nacos. ¡Promételo!* Mientras tanto le presionaba una de las heridas. *Sí. Sí*, me respondió con voz muy baja, casi inaudible, y con dolor. Nunca pensé que algún día llegaría a sentir tanto odio por una persona. Jamás imaginé que tanta vileza fuera posible, pero ayer descubrí que eso y más, hay en esta viña del señor. Me encontraba excesivamente enojado y por eso elaboré maniobras inadecuadas;

luego entró en shock hipovolémico. La subí con ayuda de los mirones en el carro camilla y la metí en la ambulancia.

Necesitaba trasladar a la niña a un hospital, pero sabía que si la atendían en uno del gobierno se llevaría a cabo todo el procedimiento legal. No vaya usted a creer que insinúo que esta clínica tiene mala reputación; al contrario, confío en su profesionalismo y sé que usted podrá sacar a la niña adelante y a mí también. Sé que la clínica es privada y pequeña, y que tiene muchas necesidades, y mire que estoy dispuesto a contribuir con ustedes. Ahora dígame: ¿De cuánto estamos hablando? ◆

5

LA MANO NEGRA
DE LA JUSTICIA

Jamás imaginé que algún día podría hacer justicia por mi propia mano. Y decir justicia es puro choro pues en eso sólo hay mano negra. Tú lo sabes bien, mi buen Caníbal. ¿Cuánto tiempo tienes en este palacio? ¿Dos días? ¡Carajo! Lo bueno es que hay leyes en este país. Yo sí te creo. Estoy seguro que eres inocente. El problema es que, con tu perdón, estás jodido. Con una lana ya habrías salido de esta pocilga. Serías hombre libre. Ya habrías comprobado tu inocencia. Mira que meterte a la cárcel nada más por robar un pedazo de carne. Y luego decir que te habías comido a un hombre. Carajo. Sólo lo hacen para complacer a los morbosos de *La Nota Roja.*

¿De veras quieres saber qué me trajo a este hotel de lujo? Te diré: todo comenzó inesperadamente, precisamente hace poco menos de veinticuatro horas. Salí de la casa de un cuate a las cinco de la tarde. Iba camino a una cantina. Tomé un atajo, pasé por un callejón, que siempre está vacío. Aproveché para darle una fumadita a mi toque. Dime tú, ¿qué hay de malo en quemar en la calle? ¿A quién le hace daño? El alcohol y el tabaco también son drogas. Me enoja esa insistencia de las autoridades por complicar las cosas. Pura corrupción con estas personas. ¿Por qué tenemos que escondernos? ¿Sabes por qué lo hacen, mi buen Caníbal? Porque lo prohibido es un gran negocio. Si prohíben la mota ésta sube de precio, los que la distribuyen ganan más y obviamente las autoridades se llevan su lanota. ¿Y quién sale perdiendo? Nosotros, los jodidos.

Todo por un pinche churro. Por eso estoy aquí. No le estaba haciendo daño a nadie. Pero ahí va el metiche de López. ¿Que quién es López? Era el policía que me arrestó. ¡Sí! Me arrestó nada más por fumar marihuana en la vía pública. Te digo, mi buen Caníbal, que caminaba por un callejón. Ahí nunca pasa nada ni nadie. Por eso me tomé la libertad de encender mi *bacha*. Ni cuenta me di cuándo apareció el pinche López en su patrulla. Dejé caer mi churro al piso y empecé a caminar. Traté de ser discreto, pero ese cabrón ya me había echado el ojo.

—¿A dónde vas con tanta prisa? —me preguntó desde su patrulla.

—A casa de un cuate.

—Se te cayó algo. ¿Por qué no te detienes y lo recoges?

—No; está bien así.

—¡Con un carajo, te digo que te detengas y levantes lo que tiraste! —me gritó, se bajó de su patrulla; se me fue encima, me jaló del cabello con una mano y con la otra me torció un brazo hasta azotarme contra la pared—. No me gusta que tiren basura en la calle.

—Lo siento, señor.

—¿Qué sientes?

—Perdóneme.

—¿Qué tiraste?

—Una colilla de cigarro.

—¡Sí, claro! —me dijo y me olió el cabello—. ¿Qué tipo de cigarro?

—Marihuana.

—¡Ah! ¡Qué rico! ¿No sabes que eso es ilegal? —de pronto me jaló con más fuerza—. ¡Contesta, cabrón!

—Sí, señor.

—Ahora, dime: ¿Cómo vamos a arreglar esto?

—No tengo dinero, señor.

—¿Pues cómo?, si te lo gastas en pinches drogas que sólo te atrofian lo poco que te queda de cerebro —dijo y comenzó a revisar las bolsas de mi pantalón y de mi chaqueta—. Veamos, qué tenemos por aquí. ¡Mira nada más, qué me acabo de encontrar, una bolsa llena de dulces! Ya sacaste boleto, pinche narquito.

Me puso las esposas y me llevó a su patrulla. Me sentó en el asiento trasero; luego se sentó a un lado mío y comenzó a revisar lo que tenía en la bolsa. ¿Y qué te imaginas que pasó, mi buen Caníbal? Que al pinche López se le antojaron los dulces. Se fumó un cigarro de mota él solo, ni siquiera tuvo la delicadeza de compartirlo conmigo. Luego abrió un paquete lleno de coca pura. Estuve a punto de prevenirlo pero pensé que si a ese güey le valía madre llevarme al tambo, porque yo tenía que preocuparme por el idiota que no tuvo la precaución de preguntar y que en ese momento le daba jalones a la coca como si estuviera respirando aire puro.

La verdad es que sí preguntó. Claramente lo escuché decir: ¿Está rebajada? Y qué le iba yo a andar diciendo que no. Claro que no. La verdad quería que se diera un pasón. Pero el menso se pasó de la raya. Y se echó tres líneas seguiditas. Creo que no tenía callo con la coca y nomás quería andar de farol.

No sé nada de medicina, pero estoy seguro que en ese momento le estaba dando un paro al corazón. Me dijo: «Hijo de tu pinche madre». Y que se cae. Yo seguía con las manos esposadas en la espalda. Su cabeza quedó en mis pies. Al principio lo empuje un poco para comprobar que se encontraba muerto; luego de puro gusto le di un patadón que de haber estado vivo le habría dolido hasta el culo.

El siguiente paso era quitarme las esposas. Algo que no resultó nada fácil. Tuve que maniobrar mucho para sacarle las llaves y liberarme. Luego, recuperé mi mercancía. Más bien, lo poco que el cabrón había dejado. Me le quedé viendo un rato. Sus ojos tenían tristeza. En algún momento llegué a pensar que no había sido un accidente, sino un suicidio. ¿Por qué no? Quién me asegura que el cabrón no tenía pedos con su vieja y se quitó la vida. Quién sabe y hasta planeó inculparme. Sí. Eso es, mi respetable y reconocido Caníbal. Quería incriminarme. Se lo voy a comentar a mi abogado. Claro, cuando me asignen uno.

Cuando al fin lo conseguí y estaba ya a punto de irme, escuché que reportaban algo por el radio. La verdad no recuerdo con exactitud lo que decía, creo que dijo: «Tenemos un k24 en 30», o algo así. El asunto es que sentí curiosidad por saber qué se sentía estar del otro lado. En ese mismo instante escuché otro reporte: «Tenemos un 5-coca». Eso sí lo recuerdo muy bien. Dije: «Seguro este cabrón reportó lo de la coca antes de morirse». Pero luego supe, por la dirección que dieron, que no se trataba de mí; sino de otro caso. Rápidamente le quité el uniforme y la placa al policía y en ese momento dejé de ser Gustavo Hernández para convertirme en el respetable oficial Laurencio López. Cargué al policía, lo metí en la cajuela; y me dirigí a otra dirección que habían reportado en el radio. Cada vez que llamaban respondía: «Afirmativo. Negativo».

Entonces descubrí mi verdadera vocación. Yo nací para ser policía. Decidí que en realidad yo no quería jugar a policías y ladrones; sino a los policías cabrones. Mi primera travesura fue una delicia. Cobrarme cada una de la chingaderas que me hizo un güey de la primaria. ¿Te puedo contar algo, mi Caníbal y no te ríes? Siempre fui el hazmerreír de todos por culpa del pinche Ramón. Nunca tuve el valor de desquitarme, pero bien que lo guardé con el paso de los años. Lo admito, era un cobarde. Pero con uniforme y pistola a cualquiera se le quita el miedo. Tenía años de no ver al Ramón porque mi familia y yo nos cambiamos de barrio, pero yo sabía que él seguía viviendo en la punta del cerro.

Creo que ya tienes idea de lo que hice, mi queridísimo Caníbal. Lo fui a buscar y lo encontré saliendo del barrio. Iba bien perfumado. Llevaba unas flores en la mano. Entonces que lo sigo por unas cuadras, según yo para buscar el momento adecuado; luego me cayó el veinte, pensé: «¿Por qué lo tengo que seguir? Qué importa que me vea la gente. Soy policía. Estoy representando a la ley. Este cabrón vende drogas. Hay que darle una calentadita».

¡Ya te emocionaste, mi buen Caníbal! Pues sí. Así fue, le di una calentadota. Me creerás que el muy imbécil ni me reconoció.

—¡Alto ahí! —le dije con el altavoz de la patrulla—. ¡Estás arrestado!

Se dio la vuelta y me miró con muchísimo asombro. Nada más le faltó preguntar: «¿Me hablas a mí?» Pero con toda la seguridad del mundo se detuvo y esperó a que me bajara del auto para preguntar qué ocurría. Hasta levantó las manos.

—¡Pon las manos en la pared! ¡Ya te encontramos, hijo de la chingada! Estás arrestado. Ahora sí te vas a ir derechito al Reclusorio Norte.

—¿De qué se me acusa? Yo no hice nada.

—Sí, todos los de tu calaña dicen lo mismo.

Lo subí en la patrulla y me lo llevé al mismo callejón en donde López me había arrestado. Necesitaba que Ramón me reconociera, que le doliera cada golpe al triple. ¿Sí me explico, mi reconocidísimo Caníbal? Saqué la macana y lo tiré al piso de un golpe. Luego le metí una patada en la cara.

—Esto es por todas las chingaderas que me hiciste en la primaria —le dije y en ese momento que levanta la mirada y me observa con mucho cuidado.

—¿Gustavo?

—Por lo visto tienes buena memoria.

—¿Y yo qué te hice en la primaria?

—¿Que qué me hiciste? Todavía preguntas, hijo de tu madre. Ahora resulta que no te acuerdas.

—Yo a ti nunca te hice nada.

—¿Cómo que no? Por tu culpa fui el bufón del salón.

—Pues tú que de veras no tenías dignidad y te dejabas mangonear por todos.

—Cállate, cabrón, que te puedo arrestar por agravios a la autoridad.

Después de quién sabe cuántas patadas y macanazos, lo dejé en el piso y me fui para aprovechar la noche, no sin antes amenazarlo: «Más te vale que te cuides porque voy a matarte a ti y a todos los tuyos, sabes a quién me refiero. Esto lo tengo planeado desde hace mucho, mucho tiempo. Esta golpiza es tan sólo el principio». Estaba consciente del tiempo, eran casi las siete de la tarde. Aún me quedaban muchas horas para jugar al policía corrupto. Así que decidí acudir al llamado de la justicia. Si por el radio decían una dirección ahí debía estar yo.

Al llegar al lugar del reporte encontré a un señor como de cuarenta años que había sido acusado de golpear a su esposa. Una vecina me recibió con llanto en los ojos.

—Ayúdela oficial —me decía mientras caminaba a mi lado—, mire que aquel bárbaro le pega a su pobre mujer todos los días. Yo la escucho desde mi cocina. Nadie la conoce porque no la deja salir.

—Muy buenas noches —me dijo el supuesto bárbaro.

—¡Monstruo! ¡Animal, poco hombre! —gritaba la vecina.

—Le pido que guarde silencio, señora —respondí con autoridad—. Uy, no sabes lo que se siente, mi buen Caníbal. Mostrando mi placa le dije: Déjeme hacer mi trabajo. Retírese.

Entré a la casa. Olía a medicamento, había muchos objetos rotos en el piso. Cualquiera que entrara ahí, bien podía asegurar que un huracán había arrasado con todo. Minutos más tarde llegaron unos paramédicos del EAP y atendieron a la mujer. Me retiré en ese momento. Y cuando salí, la vecina seguía ahí.

—¿Qué acaso no se lo va a llevar arrestado, señor oficial?

—¡No sea metiche! —le dije con enojo— Cómprese una vida y deje de meterse en lo que no le importa.

—¿Cuánto dinero le dio por su silencio? ¡Dígame! Corrupto. Pero sepa que hay un Dios que todo lo ve. Y tarde o temprano se hará justicia. Ese dinero que lleva en su bolsa es dinero manchado de sangre.

O sea, mi buen Caníbal que según la vieja yo traía una lanota mal habida, sucia, roja. ¿Pero cuál? Me apendejé. ¿Sí o no? Le hubiera pedido una buena lana al tipo ese.

—¡Ya cállese, si no quiere que la arreste por ofensas a la autoridad!

¿Te digo la verdad, mi estimado Caníbal? Me gustó, se siente rico el poder. Luego me reportaron un atropellado en Insurgentes. Un idiota le echó el carro a un invidente que cruzaba la calle y se dio a la fuga. Llegué a una conclusión, necesitaba recaudar fondos para la causa. El primer donador fue un conductor que manejaba a exceso de velocidad.

—Buenas noches —le dije y le pedí sus documentos. Tenía todo en regla. Pero yo no pensaba quedarme con las ganas.

—¿De a cómo nos vamos a arreglar? —pregunté.

—Póngame una infracción.

—Mire que yo le quiero evitar el fastidio de los trámites en la delegación.

—Ya le dije que me infraccione.

—Y yo ya le dije que no. O si no tendré que arrestarlo por contrabando de droga, y ya con el juez usted sabrá.

—¿Droga? ¿Cuál droga?

—La que puedo encontrar en caso de inspeccionar su auto. Uno nunca sabe. Caras vemos, vicios no sabemos.

Muy a su pesar sacó cien pesos y me los dio.

—¿Eso es todo?

—Ya no tengo más dinero.

—Va tener que acompañarme, señor.

—Está bien —dijo y me dio quinientos pesos más.

¿Te das cuenta de lo fácil que resulta ser policía, mi bien respetado Caníbal? Seiscientos pesos en menos de quince minutos, y dos mil en menos de tres horas.

Si tuvieras idea de los privilegios que tiene un policía, hasta cambiarías de profesión. Ni te imaginas. Por eso de las tres de la mañana circulaba por una de esas calles de mala muerte (por cierto que no entiendo por qué les dicen así, si ahí se encuentra lo mejor) me encontré con dos lindas doncellas que caminaban contoneándose. Manejé hasta ellas y las saludé con muchísimo respeto.

—Buenas las tengan, mis queridas reinas de la noche.

—Gracias, oficial.

—Gracias las que te adornan. ¿Qué haciendo por estos rumbos tan peligrosos?

—Ya ve, buscando posada.

—No me digan —me bajé de la patrulla y caminé hacia ellas—. ¿Y ya sacaron sus permisos para andar en la calle?

—¿De cuánto estamos hablando? —me dijo una de ellas y me acarició aquello, tú sabes, mi buen Caníbal.

—Pues sería cosa de probar la mercancía, y en una de esas hasta sacan licencia permanente.

—Nada más díganos dónde.

Y pues, ¿a quién le dan pan que llore? Nos fuimos los tres a un motel de lujo a disfrutar la noche. Hasta me dijo una de ellas al finalizar: «Esto es puro trabajo altruista».

—¿Qué? Nada más así —respondí—. ¿De cuánto estamos hablando?

—¿Cómo que de cuánto, pinche cabrón, todavía que pagamos por el cuarto?

—¿A quién le dijiste cabrón, pinche puta? —saque la pistola y se la puse en la cabezota— Saca toda la lana que tengas y ponla en la cama. Tú también, si no me las quiebro a las dos.

Entre las dos juntaron mil quinientos pesos. Las esposé y las metí en el baño. Las dejé bien sentaditas en la regadera. Y para que no gritaran las amordacé. Cuando me di cuenta ya eran casi las cinco de la mañana, y como le pasó a la Cenicienta, mi sueño llegó a su fin, tenía que deshacerme de la patrulla y del oficial López que para esas horas ya empezaba a apestar. Pensé en dejar el carro en el motel, pero tenía que cambiarme de ropa. Para mi suerte cada cuarto tenía un estacionamiento privado, con cortina y toda la cosa. Llevé a López al cuarto, para entonces ya estaba bien tieso el pobre y por eso me costó mucho quitarle lo poco que le quedaba de ropa; lo dejé desnudo en la cama y me aseguré de limpiar todo para que no quedaran huellas. Las putas seguían calladitas en la regadera. Pensé en darles un poco de cocaína para que se dieran un pasón, pero dije: «Yo no soy un asesino; tengo principios».

Todo estaba listo para volver a mi vida anterior, simplona, corriente, pero como tú sabes, siempre tiene que aparecer la mosca en la sopa. Cuando llegamos al motel me encargué de que las doncellas pagaran por el cuarto sin que el encargado me viera. A mí se me hace que tenían algún trato con él o algo así, porque cuando iba de salida me lo encontré en la puerta. Se me quedó viendo. No dijo una sola palabra. Lo mejor hubiera sido darle una lana por su silencio pero en ese momento pensé: «¿Y si este güey es el padrote?» Mejor salí lo más pronto posible y me eché a correr. Y como es obvio, alguien dio el pitazo y me arrestaron. Yo creo que fue el encargado del motel. ◆

6

STRIDENS AMOR

Presiento que éste es el final. Siento que mi cuerpo no responde. Tengo varios minutos aquí. Veo a un médico que me pone una máscara de oxígeno, me cura las heridas. Pero, por mucho que se esfuerce no logrará aliviar ésta que tengo en el corazón. Ya todo acabó. No habrá mañana. Nunca más volveré a ver sus ojos tristes, su sonrisa esporádica, su cabello. Ese uniforme que lo hace verse hermosamente elegante, esas botas tan bien lustradas. Jamás tocará a mi puerta. No lo veré más, ni cuando llegue ni cuando salga a trabajar. Aquí me quedaré. Esperaré la muerte que ya se encuentra cerca.

Mi amiga me lo dijo: *Ya deja de soñar, Margarita.* Pero no le hice caso. Helena tenía mucha razón. Él jamás se fijó en mí. Pues cómo, si mi cuerpo nunca tuvo un cambio. Mis pezones se quedaron tan pequeños como frijoles, mis piernas flacas, mis caderas planas, mi estatura tan corta como la de mis padres. ¿Por qué nunca pude ser como las demás?

Siento que hoy moriré y me quedaré con las ganas de algún día ser bailarina profesional. Ésa que nadie conoció. Pues cómo, si para todos en mi familia es un pecado. Jamás he sabido de alguien que halague a una mujer de ésas. ¿Qué tiene de malo bailar sin ropa? Es un oficio. La primera vez que supe que existía ese trabajo me dije a mí misma que yo tenía que bailar un día en uno de esos bares, para que me aplaudieran, que me vieran moverme al ritmo de la música.

¿A poco quieres ser puta?, me preguntó Helena. Helena, amiga, te voy a extrañar. ¿Por qué no te hice caso? Bien recuerdo que me decías que tal ocupación me traería muchos problemas. Por lo mismo dejé de hablar de eso contigo y lo convertí en mi más grande secreto. Ese secreto que me acompañó hasta la cama de esta clínica tan fea. ¡Ay, qué sufrimiento, me duele todo el cuerpo! Helena, Helena, ¿por qué no te hice caso? Bien me repetiste hasta el cansancio que yo era una mula terca. Sí. Siempre fui obstinada. Desde los trece ya bailaba a escondidas en mi recámara. Pero no me atrevía a quitarme la ropa. Practicaba pasos, esos pasos que había visto en una que otra película o programa de televisión.

Hasta que lo conocí y me enamoré locamente. ¡Soy una tonta! No le hubiera hecho caso. Lo hubiera ignorado. Así jamás me habría portado tan mal en la escuela sin necesidad. Nunca me habrían expulsado. Pero yo y mis ideas. Me dediqué a practicar mientras mis papás trabajaban. Ahora sin ropa. Por fin tuve el valor de quitármela en medio de la sala y subirme en la mesa del centro, frente al espejo. Me quitaba los lentes para no ver mi horrible cuerpo de niña y me imaginaba hermosa, alta, con unos enormes senos, unas piernas y unas caderas gruesas.

¡Qué lindo bailaba la mujer en el espejo! Qué hermosa y sensual se veía. Si un día vuelvo a nacer, le pediré a Dios que me deje ser como esa mujer: que ahora sí me haga bonita, con un cuerpo escultural; no esta que se encuentra en esta clínica de mala muerte, en donde seguro moriré.

De haber sabido que terminaría aquí, nunca habría pensado tanto en él, ni siquiera le habría sonreído. Soy una estúpida. Todavía me atreví a salir envuelta en mi toalla el primer día que tocó la puerta. *Qué guapo*, pensé al verlo tras la cortina. Sabía que no lo impresionaría si me veía así nada más. Corrí a la recámara de mi mamá, me puse un brasier y lo llené con papel de baño. Le sonreí. Me pidió con una gran dulzura que le bajara a la música. Y yo acepté. Me senté en el sofá por unos minutos recordando sus ojos, su voz. Pensé: *La próxima vez que lo vea le voy a preguntar su nombre.* Yo creo que se sintió mal porque minutos más tarde volvió. Pensé que deseaba platicar conmigo y volví a salir con mi toalla. Estaba segura, sino ¿para qué me dijo que si quería le podía subir al volumen? *Le gusté*, pensé en cuanto se fue. Y luego me enojé: *Soy una tonta, no le pregunté su nombre.*

Tarada. Bien me lo dijo Helena cuando le conté que él había ido hasta mi departamento para platicar. Hasta crees, me dijo con burla: *Es un señor de quién sabe cuántos años, Margarita, ni te hagas ilusiones. A lo mejor fue por pura cortesía.* Y claro que yo lo sabía, pero estaba en mi burbuja, en mi sueño: yo era la bailarina y él era el paramédico que entraba para verme bailar.

Sólo para él. Y él lo sabía. En cuanto escuchaba la música a todo volumen se dirigía a mi departamento y tocaba la puerta. Yo dejaba la cortina abierta para que se asomara y se encontrara a la mujer en el espejo que bailaba eróticamente para sus ojos. Jamás noté su presencia en la ventana. No quería verlo; deseaba que él me viera a mí, desnuda. Creo que en realidad nunca lo hizo. Porque entre más iba al departamento más enojado se encontraba.

Y eso me enojó. Yo sabía que él trabajaba de noche, y que necesitaba dormir de día, pero para que se le quitara lo imbécil, le subí el volumen a la música lo más que pude. En ocasiones lo seguía de lejos. Llegué a conocer su rutina. Salía con su perro a caminar en las tardes. A veces lo veía entrar al supermercado. No tenía amigos. Me daba tristeza su soledad. Yo quería cuidarlo, hacerle saber que tenía una amiga en mí. Helena decía que lo mío era una obsesión estridente. Yo la corregía: *Amor estridente*. ¡Helena, cuántas veces me lo dijiste! *Pues ese amor estridente te va a matar.*

Y el principio de mi dolor comenzó el día en que lo vi entrar a un motel, muy cerca de ahí. Estaba segura que se veía con alguien. Me atormentaba pensar que estuviera haciendo el amor con una mujer de su edad, con un cuerpo escultural, ese que yo no tenía, y me daba una tristeza y me iba a mi departamento a llorar. Ponía la música más melancólica que encontraba. Esa que sólo mi mamá y mi papá escuchaban. Y en cuanto me daba cuenta de que había llegado, ponía a José José y le cantaba: *Qué triste fue decirnos adiós.*

Luego me aburrí y encontré toda la discografía de Luis Miguel. Él tenía que darse cuenta de mi sufrimiento. Y sé que lo notó, en ocasiones me veía desde su ventana mientras yo lloraba apoyada con los codos en el barandal. Y quién sabe cuándo fue que sucedió, pero un día apareció un nuevo vecino: Benito, que me buscaba todos los días. Me decía que yo le gustaba; pero él a mí nomás no. Hasta que una tarde vi que el paramédico sin nombre, llegó algo cansado, se le veía una cara de muerto. Me miró, y en eso que le doy un beso a Benito en la boca. Tenía que darse cuenta de que él no era el único, que también podía interesarle a otros hombres. Luego me sentí mal, pensé: *Ahora sí no me va hacer caso, va a pensar que soy una puta. Y en lugar de poner música me salí y me fui a llorar a las escaleras.* Y ahí estaba llore y llore, triste, como me encuentro en este momento.

De pronto escuché a su perro que ladraba. Supe que lo llevaría a caminar. Me puse de pie para evitar que notara que estaba chillando por él. No me di cuenta pero me fui por el mismo callejón por el que caminaba con su perrote. Minutos más tarde lo escuché ladrar. Y ocurrió lo que me trajo hasta este lugar en donde estoy muriendo: el perro se me fue encima, me derribó, y me mordió la cara, yo le pegaba con todas mis fuerzas, luego se fue contra mi cuello y mis piernas. Yo lloraba, le pedía al paramédico que me quitara a su fiera, en ese momento pensé que él se había enojado porque había besado a Benito.

El perro dejó de atacarme y se regresó con su dueño quien me dio la espalda. Lo vi caminar en dirección contraria. Recuerdo que dije en voz baja: *Perdóname, no te vayas, yo te amo.* No sé cuánto tiempo pasó. Lo que sí sé es que luego llegaron unas personas que me ayudaron. Y mi consuelo llegó cuando lo vi regresar con su ambulancia, esa a la que tantas veces había querido entrar; pero no de esta manera. Se acercó a mí con su uniforme tan lindo y su botiquín; por fin me dijo su nombre, se llama Ignacio, lindo nombre, como él; y me preguntó si me podía ayudar. Me estaba tocando. Por fin sus manos acariciaban mi rostro, por fin me besaba, sé que me estaba dando respiración de boca a boca pero para mí era el beso más lindo de mi vida. Sé que me dijo algo. No lo recuerdo exactamente porque estaba perdiendo el conocimiento; pero era algo parecido a esta frase: *Prométeme que nunca más besarás a alguien más. ¡Promételo! Le respondí que sí.* ◆

7

SERVICIO DE PRIMERA

·· Primer intento ··

—Gracias por llamar al servicio digital de Banteayuda, el banco que sí te ayuda.

Si desea informes de cómo abrir una cuenta de banco, marque uno.

Si desea conocer su estado de cuenta, marque dos.

Si desea saber la ubicación de la sucursal más cercana a su domicilio, marque tres.

Si desea cancelar o reportar una tarjeta extraviada, marque cuatro.

Si le interesa adquirir un seguro de vida, marque cinco.

Si quiere adquirir un seguro de auto, marque seis.

Si desea realizar una transferencia, marque siete.

Si le interesa hacer un pago, marque ocho.

Si desea hablar con alguno de nuestros representantes, por favor, espere en la línea.

—En Banteayuda conocemos tus necesidades. Tenemos más de dos mil sucursales en todo el país. Siempre listas para ayudarte. Recuérdalo, Banteayuda, el banco que sí te ayu…

—Gracias por llamar a Banteayuda, el banco que sí te ayuda, le atiende Olga, ¿en qué le puedo ayudar?

—Hola, buenas tardes, señorita. Necesito que me ayude.

—Para eso estamos. Un momento.

—En Banteayuda conocemos tus necesidades. Tenemos más de dos mil sucursales en todo el país. Siempre listos para ayudarte. Recuérdalo, Banteayuda, el banco que sí te ayu…

—Gracias por llamar a Banteayuda, el banco que sí te ayuda, le atiende Roberto, ¿en qué puedo ayudarle?

—Hola buenas tardes, joven. Mire, tengo un problema.

—Sí, ¿con quién tengo el gusto?

—Habla la señora Raquel Mateos, viuda de Baeza. Tengo un problema muy grande. Necesito saber sobre un seguro de vida.

—Permítame, la transfiero. Gracias por esperar.

—En Banteayuda conocemos tus necesidades. Tenemos más de dos mil sucursales en todo el país. Siempre listos para ayudarte. Recuérdalo, Banteayuda, el banco que sí te a…

—Gracias por llamar a Banteayuda, el banco que sí te ayuda, le atiende Francisco, ¿en qué le puedo ayudar?

—Buenas tardes, mi nombre es Raquel Mateos, viuda de Baeza. Necesito información sobre un estado de cuenta de un seguro de vida. Es muy importante.

—Lo siento señora, pero en eso yo no le puedo ayudar. Tiene que marcar a otro número. Si gusta se lo puedo proporcionar.

—Sí es tan amable.

—Es el cero uno ochocientos s-e-g-u-r-o-s.

—Gracias.

—Estamos para sevir.

·· Segundo intento ··

—Gracias por llamar a Seguros Banteayuda, el Seguro que seguro sí te ayuda.

Si desea adquirir un seguro de vida, marque uno.

Si desea adquirir un seguro de auto, marque dos.

Si desea adquirir un seguro de viaje, marque tres.

Si desea adquirir un seguro de casa o negocio, marque cuatro.

Si desea tramitar alguna cancelación, marque cinco.

Si desea reportar un accidente o deceso de un cuentahabiente, marque seis.

Le recordamos que para cualquier trámite es indispensable su número de cuenta.

Si desea hablar con alguno de nuestros representantes, por favor, marque cero o espere en la línea.

—En Seguros Banteayuda conocemos tus necesidades. Tenemos más de dos mil sucursales en todo el país. Siempre listos para ayudarte. Recuérdalo, Seguros Banteayuda, el banco que seguro sí te a...

—Gracias por llamar a Seguros Banteayuda, el Seguro que seguro sí te ayuda, le atiende Álvaro, ¿en qué le puedo ayudar?

—Hola, tengo un problema urgente, necesito saber sobre el seguro de mi esposo.

—¿Con quién tengo el gusto?

—Habla la señora Raquel Mateos, viuda de Baeza.

—¿Me puede proporcionar el número del cuentahabiente?

—No lo tengo, ¿me lo podría dar usted?

—Lo siento, yo no tengo acceso a esa información. Le doy el número para que se lo proporcionen. Es el cero uno ochocientos t-e-a-y-u-d-a.

·· Tercer intento ··

—Gracias por llamar a Banteayuda, el banco que sí te ayuda.

Si necesita reportar una tarjeta extraviada, marque uno.

Si desea reportar una chequera extraviada, marque dos.

Si desea reportar una tarjeta retenida en algún cajero automático, marque tres.

Si desea reportar alguna incomodidad con el servicio de Banteayuda, marque cuatro.

Si desea reportar alguna anomalía en algún cajero, marque cinco.

Si no recuerda su clave secreta, marque seis.

Si desea saber el número de su tarjeta de crédito, marque siete.

Si desea saber el número de su cuenta de seguro, marque ocho.

—Gracias por llamar a Banteayuda, el banco que sí te ayuda. Hoy comprar una casa con Banteayuda, es muy fácil, sólo tienes que llamar al número gratuito de Banteayuda. Recuérdalo, cero uno ochocientos b-a-n-c-a-s-a. Banteayuda, el banco que sí te a...

—Gracias por llamar a Banteayuda, el banco que sí te ayuda, le atiende Matilde, ¿en qué le puedo ayudar?

—Hola. ¡No me ponga en espera! Tengo casi veinte minutos esperando en la línea. Me urge saber el número de póliza del seguro de mi esposo.

—¿Me podría dar su nombre?

—Sí. Habla la señora Raquel Mateos, viuda de Baeza y mi esposo se llamaba Eligio Baeza y Nava.

—Un momento. El número es 95742386543.

—¿Me lo puede repetir?

—Sí, cómo no.

—El número es 9-5-7-4-2-3-8-6-5-4-3.

—¡Gracias!

—¿Le puedo ayudar en algo más?

—Sí. Necesito saber cómo cobrar el seguro de vida de mi difunto esposo.

—Necesita marcar al número cero uno ochocientos s-e-g-u-r-o-s.

—Gracias.

·· Cuarto intento ··

—Gracias por llamar a Seguros Banteayuda, el Seguro que seguro sí te ayuda.

Si desea adquirir un seguro de vida, marque uno.

Si desea adquirir un seguro de auto, marque dos.

Si desea adquirir un seguro de viaje, marque tres.

Si desea adquirir un seguro de casa o negocio marque cuatro.

Si desea tramitar alguna cancelación, marque cinco.

Si desea reportar un accidente o deceso de un cuentahabiente, marque seis.

Le recordamos que para cualquier trámite es indispensable su número de cuenta.

Si desea hablar con alguno de nuestros representantes, por favor, marque cero o espere en la línea.

—En Seguros Banteayuda conocemos tus necesidades. Siempre listos para ayudarte. Recuérdalo, Seguros Banteayuda, el banco que seguro sí te ayu…

—Gracias por llamar a Seguros Banteayuda, el Seguro que seguro sí te ayuda, le atiende Odón, ¿en qué puedo ayudarle?

—Hola, joven. Necesito información sobre el seguro de vida de mi esposo.

—¿Me puede proporcionar el número de cuenta?
—Sí. Es el 95-74-23-86-54-3.
—¿Es la cuenta de Melesio Parra?
—Mele, ¿qué?
—Le repito el número que usted me dio: 95-64-23-86-54-3.
—¡No! Es el 9-5-siete-4-2-3-8-6-5-4-3.
—Muy bien. Tengo en la cuenta al señor Eligio Baeza y Nava, y como único beneficiario a la señora Raquel Mateos de Baeza. ¿En qué le puedo ayudar?
—Necesito saber qué tengo que hacer para cobrar el seguro de vida de mi difunto esposo.
—Necesita ir con su número de cuenta, una identificación oficial y el acta de defunción de su esposo a la sucursal más cercana.
—Tut... Tut... Tut... Tut...
—¿Señora? ¿Señora? Pinche vieja, mal agradecida, ya me colgó sin siquiera darme las gracias. ◆

8

EL AMOR: UN CRIMEN

EL AMOR: UN CRIMEN

·

Por alguna razón en un momento de la historia, a alguien se le ocurrió proponer una ley que limitara los alcances del ya casi desconocido y ambiguo sustantivo conocido como amor, logrando así imponer grandes barreras.

Se supone que en aquellos años, las leyes buscaban nada más y nada menos que imponer reglas en aquel gran laberinto, acreditado como el D.F., en el cual las drogas y los crímenes sojuzgaban. Había que tomar riendas en la cuestión, ya que la sociedad se encontraba al punto del cataclismo: los jóvenes se emborrachaban a más no poder, consumían drogas, robaban, raptaban gente, violaban mujeres y mataban. Era una ciudad de nadie, todos lo sabían y nadie se quejaba. O mejor dicho, sí se quejaban todo el tiempo, pero nadie tomaba verdaderas cartas en el asunto. Políticos iban y venían con sus fraudes.

Las leyes cambiaban en cuanto el nuevo gobierno entraba. La pobre ciudad dependía del cambio que jamás llegó. ¿Cuál cambio? ¿Quién era el verdadero culpable? Se podía ser irresponsable, lengua larga, y juzgar al que se sentara en la silla presidencial, en fin, resultaba lo más cómodo. Se podía culpar a los medios. ¡Claro! ¿Por qué no? Con tanta estupidez que se encontraba en la televisión. También se podía acusar al país vecino. ¡Hijos de su madre, desgraciados! O a la iglesia. ¡No! ¡A esa no me la toquen!, diría algún cristiano. Pero, ¿por qué no? También la iglesia metió su cucharota en esta sopa. Todos han sacado su mejor tajada. A este pastel aún le quedan rebanadas. Muchas. Y se puede desperdiciar mucho más papel escribiendo de política.

Y yo, Juan Pablo Sánchez, mejor conocido como Jean Paul Sanz, columnista del periódico *La Nota Roja*, podría ocupar la noche entera escribiendo para desenmascarar a todos esos bandidos que han saqueado a nuestro país, pero de nada serviría, vivo de un sueldo, el periódico jamás me permitiría publicar todo eso que tengo gran necesidad de escribir. Debo cumplir con mi tarea. Informar al lector de los hechos de cada día y cada noche. Debo salir a la hora que se me indique; ir en busca de la noticia, esa que saldrá en primera plana, esa foto sangrienta que impresionará al lector y lo impulsará a comprar un ejemplar de nuestro periódico. Ese periódico que le mostrará lo más feo de nuestra ciudad, ese montón de papeles que pocas veces le da una buena nueva. Porque hoy en día la gente no quiere ver ni leer crónicas agradables. La sangre vende, es muy buen negocio, la nota roja debe ser así: colorada. No como el artículo que tengo en mi archivo. Sé que de esos hay pocos, y lo peor es que si se publicaran en primera plana, a muy pocas personas les interesaría.

Tengo cinco años trabajando en *La Nota Roja*. Aún recuerdo aquellos tiempos en la facultad. Papá decía que esto no era para mí. Y claro que no, yo no quería terminar así, correteando ambulancias ni patrullas ni criminales, ni andar fotografiando muertos ni baleados ni borrachos ni carros destrozados, pero por algo tenía que empezar. Y tengo que admitirlo, no me gusta lo que veo, me duele mi cuidad, me duele saber que esto es el cuento de nunca acabar. Nuestra sociedad está educada para buscar esa horrible nota roja que le enardece la sangre. Y quizás estoy perdiendo el tiempo. A quién le importan mis investigaciones. Hace mucho que ocupo mi tiempo en esto y de nada ha servido. De nada sirvió investigar el caso Eguiarreta, que tanto salió en los periódicos por más de tres meses. Todos culparon a un pobre inocente y sólo unos cuantos lo supimos. Hablé con el director de redacción y no le importó mi información. Hoy debo redactar otro caso incongruente y vergonzoso y no sé cómo empezar. Sé que publicar esto es incorrecto. No se vale. Pero así son las leyes. Y éste es mi trabajo y lo tengo que hacer.

Su nombre es Odón de la Garza Valverde. De acuerdo a lo que él me dijo, su nombre significa sumiso y servidor. Lo conocí hace poco menos de tres meses. Estaba en busca de la nota del día. Como siempre, me dirigí a la delegación y obtuve un permiso para entrar a los separos con el objetivo de entrevistar a Ramón Pérez Rodríguez, el presunto homicida de la familia Eguiarreta y la sirvienta. Al finalizar mi entrevista, la cual se llevó a cabo ahí mismo, salí por el pasillo y caminé lentamente frente a las celdas. A un lado se encontraba un médico, inculpado y arrestado por diversos crímenes llevados a cabo en una clínica de mala muerte. Con él se encontraba un paramédico del EAP, acusado por abuso de menores. En otra celda encontré a un loco al que le surgió la oportunidad de hacerse pasar por policía por una noche. Tremendo el joven que platicaba con un pordiosero. Me detuve por unos instantes a escuchar su plática, sin que notara mi presencia. Escuché que le decía: *Así es, mi buen Caníbal.*

Había mucho de dónde sacar para la nota del día siguiente. Hasta que llegué a la celda quince. Irónicamente quince. Pobre Odón. Lo encontré sentado en el piso. Serio. Callado. Sentí que algo andaba mal. No se trataba de un criminal. Ni siquiera de un crimen. Estaba seguro de eso. Conseguí otro permiso para entrevistar al joven que me narró una de las historias que jamás creí posibles. *Yo sólo quiero que ella esté bien,* me dijo antes de empezar su versión.

La mañana del seis de septiembre de este año, a Odón de la Garza Valverde le cambió la vida. Entonces trabajaba en Banteayuda. Encontró en su camino la píldora que cura todos los males. El amor estaba frente a sus ojos. Su historia no era nada compleja, por eso no superaba a cualquier otra que se haya escuchado o leído. No se vio en la necesidad de buscarla por los callejones del barrio ni tuvo que escribir docenas de cartas; ella tampoco tuvo que hacer gran cosa para llamar su atención. Todo fue tan simple como abrir una puerta y asomar la nariz.

Jamás habían amado, y eso los hacía soñar cantidades. Odón y Teresa comenzaron ese mismo día a escribir una breve historia de amor. Se convirtieron en cómplices de todos sus pecados. Se buscaron y encontraron. Le robaron horas al tiempo. Le inventaron tiempo a la vida. Vivieron cobijados bajo el manto de la felicidad.

El proceso de su idilio fue escalando los peldaños con la gracia de la honestidad. Teresa y Odón llegaron a una conclusión: era el momento de explorar sus cuerpos, de probar el sabor de sus pieles, saborear la textura de su sexo. El placer de amarse en la intimidad de una alcoba era la meta más añorada para el dueto de enamorados. Sólo había un pequeño detalle. Ninguno tenía experiencia en el arte de fornicar. Las enseñanzas en la escuela les habían dejado, sin más, la vergonzosa conclusión de que la interrogante seguía punzando. Teresa recordaba con certeza que en los ojos de la maestra preponderaba la evidencia de un temor irreversible por hablar del tema. Una incomodidad por sentirse observada en ese momento, quizá le atormentaba la idea de que las bromas de los alumnos la tuvieran a ella como modelo. La actividad a seguir tras enseñarles las partes del cuerpo y sus posibles enfermedades era la de colocar un condón en un pepino. Las carcajadas, los albures y las bromas abundaban.

Odón mencionó que en su experiencia, la clase de sexualidad había sido algo que deambuló por las fronteras de un rapapolvo que exhortaba a los jóvenes a mantener abstinencia, de ser posible hasta el matrimonio. Cada quien defendió con euforia su punto de vista sobre los anticonceptivos, el dilema del aborto, el embarazo, la homosexualidad y un sin fin de temas que merodeaban sin llegar al verdadero punto de la sexualidad. ¿Cómo se hace el amor por primera vez?

Los enamorados se entregaron a la maravillosa tarea de la investigación, indagaron en el tema, interrogaron a todo aquel que se prestaba a dar un poco de información. Semanas más tarde, tenían una saludable perspectiva completa sobre el asunto, todo en teoría. Sólo faltaban algunas cosas, para lo cual Teresa invitó a Odón a ir de compras. El par de pipiolos escogió las prendas íntimas que usarían en ese gran día. Además de lo indispensable —condones, toallas—, para añadir sabor al erotismo adquirieron algunos enceres: crema, perfume, velas, vino, flores, dulces, música, todo por el privilegio de llegar triunfantes a la cúspide de la pasión.

Y no encontrando obstáculo alguno que impidiese la culminación de tan ansiada aspiración, llegaron al hotel en donde se explorarían y se amarían toda esa tarde. Odón la llevó en brazos hasta la cama. En una frase: se amaron. ¿Qué hay de malo en eso? ¿A quién le hacía daño?

Tras haber alcanzado el mirífico manjar de un orgasmo indómito, bebieron un poco de vino, se abrazaron, y disfrutaron del momento. De pronto alguien tocó a la puerta. Ambos tuvieron el irreversible presentimiento de que algo estaba por suceder. Odón, se asomó tras la cortina de la ventana; preguntó quién los buscaba. Se vistió y al abrir la puerta se encontró con dos policías enviados por la madre de Teresa.

Cuando supe la historia de Odón y Teresa sentí un impulso por escribir sobre ellos, esto tiene menos de tres meses en la computadora. A nadie en el periódico le interesó la noticia, hasta hace unos días. Hoy tengo que escribir para *La Nota Roja* un artículo que debe llevar como primer balazo: *Asalta-cunas es condenado a quince años de cárcel*. O si no algo como: *Abusaba de las niñas en moteles*. Quizá a mi jefe no le gustarán los encabezados y hará otras propuestas: *Las engatusaba y las violaba / Asalta-cunas condenado / Por fin podrán salir las niñas a la calle*. Qué sé yo. A mi jefe le fascinan ese tipo de titulares. A él le importa un comino que Odón pase los próximos quince años de su vida en un penal porque a un juez le dio la gana decidir que lo que Odón hizo es abuso de menores, que Odón tenga dieciocho años de edad y su novia dieciséis y que decidan hacer el amor en un motel es ilegal. No me gusta. No se vale. No quiero escribir este artículo, pero así es esto en *La Nota Roja.* ◆

9

AMOR
PATERNO

AMOR PATERNO

Sí. ¿Cómo no? Aún lo recuerdo. Eso es un evento que jamás olvidaré. Todavía conservo en la memoria aquel maravilloso santiamén. No lo podía creer. Ahí estaba yo, esperando, vestía una bata, un cubrebocas y guantes de látex, me encontraba de pie a un lado del médico. Mi querida esposa sudaba cantidades y gritaba. Recuerdo que la noche anterior una de las enfermeras dijo: «Doctor Vega, la paciente Galindo ya expulsó la gelatina de Wharton». Después supe que eso es la forma correcta de decir que se le rompió la fuente. «Vigile la etapa de dilatación», dijo el médico. Luego mi amada esposa y yo caminamos por los pasillos del hospital para acelerar el proceso. Ella se sostenía de mi brazo, se quejaba de los dolores. Yo le preguntaba: «¿Dónde te duele, mi vida?» Ella me miraba con cara de *Idiota, ¿no te das cuenta?*, pero respondía: «Me duele todo el cuerpo».

Jamás imaginé que tendríamos que esperar tanto tiempo. Tras doce horas de expectativa mi bella esposa tenía diez centímetros de dilatación, se encontraba al borde de la histeria. Todo lo que yo hacía la desesperaba o la irritaba. La enfermera le decía que todo eso era normal por ser primigesta. Yo tenía más de catorce horas sin comer, pero mi santa esposa no quería que la dejara sola, no encontraba la manera de decirle que me estaba muriendo de hambre. De pronto una enfermera pidió que llamaran al doctor Vega, el cual entró a la sala de expulsión un minuto más tarde. Dijo: «Señora Galindo, no se preocupe, vamos a tener al bebé en menos de cinco minutos, si usted hace lo que yo le diga. Jale sus piernas, pegue su barbilla en el pecho y puje en cada contracción con todas sus fuerzas». Yo me quedé paralizado. Cuando de pronto el médico me miró y me preguntó: «¿Va a querer cortar el cordón?» No supe qué decir por un instante y agregué: «¿Yo?» Y el doctor Vega me dijo: «Vamos, hombre, no es gran ciencia». No sabía qué hacer, luego intenté tocar a mi amada esposa, y en ese momento me gritó: «¡Imbécil, por tu culpa estoy aquí, hijo de tu puta madre, si supieras el dolor que siento!»

Y no acabó de gritar, cuando el médico señaló que era ese el momento, ese instante en que la vi por primera vez. Primero salió la cabecita; una enfermera le aspiró la nariz y la boca; el médico la jaló un poco para que saliera el resto del cuerpo; yo fui testigo del momento en que el líquido amniótico se derramó en el piso como un río desbordado. El doctor Vega puso unas pinzas en el cordón umbilical y me ordenó que lo cortara. Luego levantó a la criatura recién llegada y dijo: «¡Es una niña, señores!» Mi linda esposa la cargó un momento y luego se la llevaron para limpiarla. Quince minutos después regresó la enfermera con la niña y nos la entregó, por fin pude cargar a mi hija que medía cincuenta centímetros y pesaba tres kilos y medio, mientras yo no cabía en el lugar pues me estrenaba como papá. Jamás imaginé que ser padre me daría tantas satisfacciones.

¡Si yo le contara, licenciado, lo que he vivido con mis hijos! Dígame si no tengo razones suficientes para actuar de la manera en que lo estoy haciendo. No es cuestión de celos sino de sentido común. A mi santa esposa no le gusta mucho que yo, como bien dice ella, tenga preferencias. Pero eso no es verdad. Quiero por igual a mis cuatro hijos. La diferencia es que a mi niña la atiendo más por ser la única hembra. Los varones se cuidan solos, ellos deben encontrar el camino por sí mismos. Ya ve que luego se hacen unos parásitos, buenos para nada. Así debe ser, licenciado, a los cachorros se les abre la puerta para que busquen el pan y el amor desde chicos, hay que dejarlos crecer, que sufran un poco, que conozcan el dolor, el hambre; a las hembras hay que cuidarlas, hay que mimarlas, hay que protegerlas. ¡No vaya usted a creer que esto es machismo, no, claro que no! Es tan sólo precaución. Yo siempre le he dicho a mi niña que quiero que estudie, que aprenda muchas cosas. Claro, el día que entre al matrimonio será otra la situación. Mientras tanto nada de eso, le he dicho siempre. Nada. Pues, ¿cómo?, si tan sólo tiene dieciséis añitos.

Hablando aquí entre nos, licenciado, le voy a contar algo. Mi niña nació con ángel. Desde chiquilla siempre tuvo pretendientes. Imagínese que un día un escuincle de siete años me pidió permiso para ser novio de mi hijita. Claro que le dije que no. ¿Pues cómo cree? Sé que era un juego de niños, pero si le daba permiso, luego sería más difícil ponerle límites a la niña. Y para prevenir que el mocoso siguiera insistiendo cambié a mi niña de escuela: la llevé a una escuela de monjas. A mi pequeña no le gustó mucho que fuera sólo para niñas. Pero como ya le dije, licenciado, a las hembras hay que atenderlas con más esmero. Así pues les he enseñado a mis tres chamacos a que cuiden a las mujeres de la casa: a su abuela, a su madre y a su hermana. Si ellos no lo hacen, entonces, ¿quién? Ya ve que nunca falta el patán que les chifle o les diga cosas desde un camión. Gallinas. Eso son, unos cobardes. Si de veras fueran tan hombres, o un poco caballerosos, se bajarían del camión y con todo respeto le dirían a la dama en cuestión lo que piensan de la manera más refinada: «Buenas tardes, disculpe mi osadía, señorita, pero la vi pasar y no pude más que venir a usted y otorgarle mi más grande admiración. Ahora con su permiso me retiro».

¡Bah! Son unos cobardes que lo único que saben hacer es chiflar o gritar vulgarmente: «Mamacita». Ya sabe, licenciado, todas las tosquedades que rondan por ahí. Los patanes se multiplican con el agua. Ya no hay respeto hacia las damiselas, las tratan como mujerzuelas. Las engatusan para luego aprovecharse de ellas. Licenciado, conozco a mi género, sé perfectamente lo depravados que son. Ven una hembra caminando en la calle y hasta se olvidan de quiénes son y qué estaban haciendo. Se les cae la baba. Ya no hay respeto por las señoras ni por las jovencitas. Y eso a mi hija le ha ocurrido desde que cumplió doce años. Mi pequeña siempre fue agraciada. La belleza siempre le brotó hasta por los codos. Y claro, pretendientes nunca faltaron, esas aves de rapiña que sobrevuelan a la espera de la presa, listos para devorarlas.

No, licenciado, no crea que lo mío son celos, claro que no, simplemente cuido a mi hija. Y ya que estamos en confianza le contaré del primer zopilote. El joven tenía quince años y mi princesa tan sólo había cumplido los trece. Siempre le dije a mi pequeña que no podría tener novio hasta que terminara la escuela. No me importa lo que la gente piense, a ella nadie la toca. Y ese chamaco no me hizo caso cuando le pedí de la manera más atenta que se alejara de mi hija. La primera advertencia fue por teléfono, le pedí que no volviera a marcar. No obedeció. La segunda advertencia fue de frente, lo encontré rondando por la casa; me bajé del auto, le pedí que se alejara de mi niña, que no la buscara más y le ayudé a ponerse de pie, pues no lo podía dejar tirado en la calle. Gracias a Dios, el joven comprendió la situación con esa última conversación. Jamás supimos de él. Pasaron unos cuantos meses y pronto apareció otro buitre y después otro y yo me encargué de hacerles entender que lo primordial en la vida de mi niña es su educación.

Para eso mi esposa y un servidor nos vimos en la necesidad de imponer normas mucho más severas. Usted comprenderá que la vida en esta ciudad es muy peligrosa. Como ejemplo basta sólo apretar un botón: Por la colonia ronda una joven de quizá veinte o veintitrés años, toda sucia, zarrapastrosa que le pregunta a todo aquel que carga un bebé si ellos le robaron a su hijo. «Ese es mi bebé». Estoy consciente que a mi hija no le gustó nada que controláramos su economía ni sus llamadas telefónicas ni sus amistades. No soy un padre celoso, créame, todo lo hice para evitar esto. Póngase en mi lugar. ¿Qué haría si supiera que a su hija la han llevado a un hotel con engaños? ¿Dejaría que el patán se saliera con la suya? A mi esposa se le rompió el alma al saber que Teresa, Teresita, nuestra pequeña que apenas había cumplido dieciséis años, se encontraba en un hotel de paso con un pelafustán. Mi linda esposa no pudo más y llamó a la policía para denunciar al pérfido que se había aprovechado de ella.

Abogado. Le exijo que haga todo lo posible por refundir a ese maldito en la cárcel para que pague su crimen. No es justo que tipos como él queden libres por ahí y abusen de pequeñas como mi Teresita. ◆

10

UN DÍA EN BANTEAYUDA

Llegarás en autobús a La Plaza de la Alegría, algo irónico en este momento. Toda la gente a tu alrededor se encontrará feliz, excepto tú, porque tu necesidad te empuja al caótico cosmos de los bancos. Ya de por sí, sólo pensar que tendrás que ingresar a esa sucursal te provoca una ira fatal, después de haber desperdiciado media hora de este insoportable día en el teléfono. Irremediablemente vuelve a tu memoria la cancioncita intolerable en el conmutador: *Banteayuda, conoce tus necesidades. Siempre listo para ayudarte. Banteayuda, el banco que sí te ayuda.*

Intentarás borrar de tu mente la cantaleta y pensarás en otra cosa. Evitarás enojarte. Te lo has prometido. Te urge encontrar una solución al dilema en que te encuentras. Para llegar a la sucursal deberás entrar y recorrer tres terceras partes de la Plaza de la Alegría. Una fila aparentemente interminable de gente te da la certeza de que has llegado. Intentarás calcular el número de personas afuera del banco y sin mucho contar asumirás que rebasan la cantidad tradicional. Observarás tu agenda. Es quincena, te lamentarás una vez más por tu tragedia. Pero en ese momento algo te hará ver que tú, sí, tú no tienes por qué formarte en esa fila. No tienes que pasar a las cajas. Entrarás directamente al banco y descubrirás que un número similar al que espera afuera del banco se encuentra en las filas de su interior.

«Qué alegría, no tengo que pasar a cajas», dirás y te tocarás la frente. Lo primero que verás, será un policía que se encuentra casi a punto de caer de flojera. Ya no se entretiene viéndoles las nalgas a las mujeres que entran y salen. Tiene una metralleta que cuelga de sus hombros y que también parece aburrirse. Mirarás a las cajas y contarás cuántas están en servicio. Como siempre, de las diez que existen, sólo tres se encuentran disponibles. Pero piensas: «Hoy no me voy a enojar». Caminarás a la derecha del banco en donde está un anuncio y leerás: «Servicio a clientes». Tomarás un boleto de espera, te sentarás y esperarás a que uno de los ejecutivos te atienda. Contarás los minutos y te darás cuenta que tan sólo han transcurrido quince miserables minutos y tratarás de esperar un poco más. Observarás con cautela a los empleados y te darás cuenta que tan sólo dos de ellos se encuentran realizando sus labores. O por lo menos eso pensarás. Te cuestionarás qué está haciendo desde hace veinte minutos ese señor de corbata verde fosforescente con traje azul, pues a tu parecer sólo ha estado hablando por teléfono. Por más que quieras pensar que está trabajando, no lo podrás creer, ya que por sus gestos y sus carcajadas deduces que se encuentra charlando feliz de la vida con algún amigo o amiga.

Respirarás profundamente al ver que tienes casi una hora esperando. Ya habrás pensado muchas veces qué hacer en cuanto recibas el dinero. Sabes que son muchísimas las deudas. Hay que pagar tantas cosas que no tienes idea de por dónde empezar. El policía en la entrada seguirá en su aburrimiento. La persona que viste a tu llegada al final de la fila ahora va de salida. Te faltarán tres números para llegar a tu turno. Te sentirás extremadamente triste. Con ganas de llorar. Notarás que el hombre de la corbata verde sigue en el teléfono, sin saber que él es el gerente. ¡Él es el respetable señor gerente de la sucursal Banteayuda de Plaza de la Alegría! Pero eso tú no lo sabes.

Por fin uno de los ejecutivos te atenderá. ¡Aleluya! Te saludará de mano y con la sonrisa más hermosa que encuentre en su repertorio te preguntará qué es lo que necesitas. Y sin preámbulo le responderás que te urge cobrar el seguro de vida de tu esposo. Y ya sin sonrisa te dirá que tienes que ir con aquel señor, sí, ese, el que se encuentra en el escritorio grande aquel de la esquina, el de la corbata verde fosforescente, ese que tiene más de una hora platicando con quién sabe quién pero que ríe a carcajadas mientras tú, sí, tú, te mueres de la pena, esa pena que nadie reconoce en tu mirada porque les vale un cacahuate, porque ellos también tienen urgencias, porque ellos también tienen familia, porque a ellos, también se les ha muerto algún familiar, por eso a ellos no les importa tu razón.

Caminarás a ese escritorio en donde se encuentra aquel hombre tan distinguido y tan ocupado; interrumpirás su tan importante plática, te responderá con una gran sonrisa y te dirá: «En un momento la atiendo». Regresarás a tu silla y descubrirás que ya se encuentra ocupada. Pensarás: «El que se fue a la villa, perdió su silla y se sentó en una tortilla». Permanecerás de pie por unos minutos y no harás otra cosa que observar al gerente con el ímpetu de que se dé cuenta que tienes mucho tiempo esperando, hasta que por fin se digne a terminar la llamada que lo ha tenido entretenido por una hora con treinta y seis minutos; colgará el teléfono y levantará la mano, luego te llamará con los dedos índice y medio.

Caminarás a su escritorio y lo saludarás con respeto, recordarás algo que tu padre siempre te dijo: «Trata a los demás como quieres que te traten». Luego llegará a tu mente otro de sus aforismos: «Como te ven te tratan». Llegarás a la conclusión que el delantal que llevas puesto le hará ver que eres una mujer de casa, que eres una señora y que tienes una urgencia. Él te observará de pies a cabeza y sonreirá: «¿En qué le puedo ayudar?» Le comentarás tu necesidad y responderá que no hay ningún problema con excepción de una pequeñísima inconveniencia: necesitarás ir a la papelería para fotocopiar tu identificación pues eso, sacar fotocopias no es su trabajo, con la pena, señora.

Saldrás de Banteayuda y buscarás la papelería más cercana para regresar lo más pronto posible y así dar fin a este horrible martirio de entrar a un banco, ese banco que aunque tiene los rendimientos más bajos, los intereses más altos del mercado y el peor servicio de todos los bancos, es el más popular del país. Deberás tomar un camión para llegar a la papelería más cercana y pagarás por ese simple servicio que en tu opinión, debería el gerente de tan afamada empresa realizar. La encargada de la papelería se portará indiferente y llevará a cabo sus labores con extremada lentitud. Se tomará todo el tiempo del mundo para sacar las copias mientras sostiene una discusión en el teléfono con alguna amiga. Masticará un chicle con la boca abierta y dejará ver toda su dentadura. Al salir tropezarás con una joven sucia que te preguntará por su hijo. «¿Dónde está mi hijo?» Te darás cuenta que no eres la única con una pena en el alma. Tocarás su rostro sucio, le acariciarás las mejillas y le responderás con los ojos vidriosos: «No lo sé, pequeña». Regresarás lo más pronto posible y te resbalarás antes de ingresar al banco y te lastimarás el tobillo. Entrarás con gran enojo. Te dolerá el tobillo y el policía en la entrada no hará nada por auxiliarte. Nuevamente, el gerente se encontrará hablando por teléfono. No esperarás ni un minuto más, caminarás directamente a su escritorio y le exigirás que te atienda; sonreirá y extenderá la mano para recibir tus copias; te hará esperar diez minutos para culminar el martirio con una frase que te pondrá la piel al rojo vivo: «¿Me puede dar el acta de defunción de su esposo?» Preguntarás: «¿Acta? No la tengo». Te hará esperar quince minutos más mientras busca información en su computadora para luego rematar: «Tendremos que enviar estos datos al corporativo para corroborar la muerte de su esposo. Esto llevará un poco más de un mes. Eso quiere decir que usted no podrá recibir el dinero hasta entonces».

Por eso no te convendría estar en el lugar de la señora Raquel Mateos, viuda de Baeza, y menos en este momento que se encuentra al punto de la histeria, en el que las deudas le estrangulan el alma, pues no sabe qué hacer: hace no menos de doce horas falleció su esposo y no tiene dinero para pagar el sepelio ni el funeral ni la misa ni las flores, ni un miserable café. Se encuentra en la ruina total. Su única esperanza era cobrar el seguro de vida para sufragar los gastos de todo lo que conlleva la muerte de un ser querido cuando se es pobre. Sólo le quedará decir: «Eligio, que Dios nos ampare». ◆

11

EL AMIGO DE TODOS LOS NIÑOS

¡Órale! Ni me la van a creer mis cuates cuando les cuente. Se van a morir de la envidia. Ni usted me lo va a creer, se lo aseguro, se va a quedar con el ojo cuadrado en cuanto le termine de platicar lo que me sucedió. ¡Ya! No me presione. Sé muy bien que a eso vino, a conocer mi historia. A ver, pregunte. ¿Que cómo me llamo? Brayan González Martínez para servirle. Sí, señor, soy ratero. Me dedico a robar autos. Sí, trabajo para alguien más. ¿Te puedo tutear? ¿Sí? Así me gusta más. Así, uno se siente con más confianza. Espero entiendas que no te puedo dar toda la información. Y no me preguntes más si quieres que responda a tus preguntas. Entiéndeme, carnalito, si te doy toda la información, lo vas a escribir en *La Nota Roja* y luego me vas a echar de cabeza. ¿Y para qué quieres? Van a venir a buscarme y me van a dar una de esas, que ni vas a querer que te cuente.

Así es, mi querido *Yan Pol,* soy ratero desde hace cinco años. ¿Te interesa saber de mis inicios o quieres que vaya al grano? Mira que te puedo contar muchas cosas que te pueden servir para la redacción de tu periódico. Yo no voy a dramatizar ni voy a contarte que mi vida fue un calvario. Nada que ver. O sea, yo nací en una casa bien, en donde nunca faltó alimento o vestido. La verdad, no sé qué pasó, no tengo idea. Cuando me di cuenta ya era un adolescente inconsciente. Mi madre me decía: *Brayan, no te juntes con esos muchachos de mala muerte.* Pero yo no le hice caso. Dejé que el tiempo pasara y que los cuates de la colonia me convencieran. ¡Pues, claro! A esas bandas no se ingresa por arte de magia; a uno lo convencen o lo obligan. A los que se encuentran afuera se les hace fácil decir que uno busca la mierda, pero no es así, señor periodista. Primero lo tratan a uno como a un rey, el súper cuate, el más divertido de todos y luego lo ensartan a uno. Y de eso uno no se da cuenta hasta que ya de plano se encuentra bien atorado.

Y yo me di cuenta de eso hasta muy tarde. No me estoy justificando pues sólo los cobardes buscan en la cobija de la excusa una escapatoria. Ya te lo dije, *Yan Polín,* que a mí no me gusta dramatizar. Soy culpable tal cual se me acusa. Soy ratero sin razón, o mejor dicho por convicción. Yo me metí en la banda de los cholos y ya nada pudo sacarme de ahí. La primera vez que me robé un auto fue porque yo tenía ganas de ser como los demás. Te digo, *Yan Polín* que ya estaba hasta el cuello con ellos, con decirte que le debía más a la banda que a mi jefa. Y eso ya es decir mucho. La verdad es que yo no nací para ser alguien importante en este mundo. Tú sabes que para eso se nace con estrella y nosotros los que nos dedicamos a esto de la cleptomanía nomás no tenemos derecho a esos privilegios.

Quién sabe qué fue lo que pasó conmigo. Mi madre siempre me dio una buena educación, jamás hubo un mal ejemplo, todos los días me daba un consejo. Nunca me mostró un mal comportamiento. Ella no decía groserías. Ni siquiera el día que se enteró que me dedicaba a robar autos. ¿Qué? ¿Que si llevaba los carros a la casa? ¿Cómo crees, mi buen *Yan Polín*? No te digo que nos pagan por eso. Jamás he tenido un auto por más de dos horas. Imagínate. Ya me habrían atrapado hace mucho tiempo. El negocio funciona de esta manera: Nos llaman y nos dicen: *Necesitamos un auto de tal color, tal año y tal marca*. Y esa misma tarde mi banda y yo salimos en busca de la mercancía, tenemos dos opciones, robar uno que se encuentre estacionado o tomarlo a la mala, ya sabes cómo; luego lo llevamos al lugar de siempre, del cual no te puedo contar, porque si te digo me quemas en tu periódico; más tarde recibimos nuestro dinero, dos mil o tres mil pesos, dependiendo del auto. Nada más. ¿De qué te asombras? La devaluación ha afectado hasta a los rateros de quinta. Y no quiero decir que yo sea uno de esos, los rateros de quinta son los que roban a lo tarugo, bolsas, carteras, tú sabes. Pero volviendo a lo nuestro: a nosotros nos toca lo peor de este gremio. La venta de autos robados pasa por un proceso muy largo. Como ya te dije, nosotros damos el primer paso, buscamos el auto; lo llevamos a la zona de entrega, las personas que lo reciben deben asegurarse de que el siguiente procedimiento sea exitoso. Éste puede ser uno de dos: desmantelar el auto en partes y venderlas independientemente o cambiar el número de serie para que éste salga al mercado con una nueva identidad. Cualquiera de las dos opciones cuesta trabajo y dinero. No me veas de esa manera. No me culpes. Nosotros tenemos trabajo porque existe gente que no quiere pagar por coches o autopartes legales. Siempre buscan lo más barato. Si es mentira lo que digo, respóndeme esta pregunta: ¿Por qué la venta en la Buenos Aires sigue viento en popa? La gente sabe que la mercancía es robada.

Yo no les pido que vayan allí. No. Yo tan sólo soy el instrumento, pero no el pecador. O en dado caso, como dicen por ahí: Tanto peca el que mata la vaca como el que le jala la pata.

No insistas, ya te dije que no te voy a dar ningún nombre. Si acepté darte una entrevista fue porque te interesaste en el motivo que me trajo a este lugar, y ese no te lo he contado. Me encuentro detenido por robo. Ya sé que te dije que me dedico a robar carros. Pero esa tarde a mi cuate, La Momia, se le ocurrió robar un banco. O mejor dicho, a mi cuate se le ocurrió que robáramos el banco esa tarde, que no es lo mismo aunque parezca igual, pues el plan ya lo tenía desde hace varios meses, según él. ¿Que por qué le dicen la Momia? Lo que pasa es que está blanco de tanta coca que se mete por la nariz. Pero vuelvo a mi historia. Yo le decía que mejor ni nos arriesgáramos. Y ya los ves, mi estimado reportero, yo tenía razón, ese no era ni el día ni el momento. Algo me daba mala espina. Además, ¿a quién se le ocurre asaltar un Banteayuda? Esos bancos siempre están llenos. Al llegar encontramos una fila interminable de gente. El policía estaba casi dormido, los cajeros lentísimos, los ejecutivos igual, haciéndose mensos, y el gerente hablando con una viejita. Yo vi a la señora y pensé en mi madre querida, entonces le dije a la Momia que esperara a que ella saliera. En cuanto la viejita salió, a mi cuate que se le bota la canica y que saca su metralleta: *¡Esto es un asalto, cabrones, que nadie se mueva!* El policía que por fin tenía trabajo, no supo qué hacer cuando me vio frente a él apuntándole a los ojos. Abrió la boca y dejó caer su arma. Toda la gente se encontraba en el piso. Entonces tomé a un rehén y amenacé con matarlo si no nos daban todo el dinero. A la Momia le dio por disparar a las cámaras, según él para que no siguieran grabándonos. El gerente salió con una bolsa de dinero y nos dijo casi llorando que era todo lo que tenían. Le temblaban las manos. Yo creo que hasta se orinó en los calzones. Un niño todavía tuvo más valor que el gerente y me gritó con odio: *¡Malo, tú eres malo!* Salimos lo más pronto posible. Para esto llevábamos un auto, pero ya no estaba cuando salimos. La Momia exclamó con enojo: *Pinches rateros, ya se robaron mi carro.* No había tiempo para buscar el coche y nos fuimos corriendo. La Momia tropezó con una pordiosera que en cuanto se repuso del choque le preguntó si lo que llevaba en la bolsa era su hijo. *Mi bebé,* dijo y la Momia se la quitó de encima con un empujón que la llevó al piso. En cuanto llegamos a la calle detuvimos al primer auto que se nos puso en frente. El semáforo estaba en rojo. Amenacé al conductor con el revólver y le ordené que se bajara del auto. Luego ocurrió lo menos esperado: el conductor bajó el vidrio.

¿Y a que ni te imaginas quién iba al volante? ¡Chabelo! Sí. Así es. El mismísimo Chabelo. El grande. El mejor de todos. El amigo de todos los niños. Mi ídolo. Lo reconocí enseguida. Cómo confundirlo. Recuerdo que de niño le pedí infinidad de veces a mi madre que me llevara a verlo en vivo. Yo daba por hecho que jamás lo conocería. Yo pensé que ya había perdido la capacidad de asombro. Pero ese día me llevé la sorpresa de mi vida. Tenía al famoso Chabelo frente a mí. Al niño más grande de todo México. Al que tanto admiré de chico y ahora de grande. Aquí entre nos, te confieso, mi buen *Yan Polín* que veo su programa todos los domingos.

A que ni te imaginas qué fue lo que me dijo. *¿Qué hubo, cuate?* Pero no con esa voz de señor que tiene, sino con el famosísimo tono de Chabelo, el amigo de todos los niños. Y claro, cómo iba yo a hacerle daño al grande, al mejor conductor de la televisión, al más divertido. Sólo pude responder: *¡Eres tú, Chabelo, vete de aquí!*

Y así sin más ni menos se fue, quizá jamás lo vuelva a ver en persona. Pero sí sé que un día yo estuve frente al gran Chabelo. Y bueno, ocurrió lo que tenía que pasar. Minutos más tarde llegó la patrulla y nos arrestó. Y aquí me tienes. Listo para ser enjuiciado. ◆

12

LA VIDA: UN SUEÑO

La primera vez que supe que mis sueños tenían más peso que la vida, por derecho propio me quedé dormido. Mi familia me tacha de flojo, dormilón, parasito, bueno para nada, inútil, pero eso a mí, ya no me importa. Hoy sólo quiero soñar, fugarme de este mundo. Allá existen cosas mucho mejores que aquí. Sí, en ese lugar donde todo es más claro, más bello. Todo es mejor.

Todo comenzó una mañana, la menos esperada. Para esto debo mencionar que la noche anterior me fui a dormir como todas las otras. Preparé mi vestuario para el día siguiente, tal cual me lo había enseñado mi santa madre, que en paz descanse. Revisé mi itinerario del día siguiente: debía ir al banco, a la compañía de teléfonos; luego a la oficina para solucionar algunos asuntos y más tarde tenía que visitar a un cliente. Casi nada importante. Hasta ese día nada tenía relevancia, creía que me gustaba lo que hacía. Me sentía contento, o por lo menos, asumía que me encontraba feliz. Creo que la falta de infelicidad nos engaña y nos hace pensar todo lo contrario. Por suerte encontré la respuesta a todas mis dudas y miedos: me fui a dormir.

La noche fue larga. Y no quiero decir que no haya podido pernoctar; al contrario, lo disfruté como jamás en la vida. Quizá suene inaudito, pero sabía, estaba consciente que todo era un sueño, una mirífica alucinación, una entrada al paraíso. Todo parecía tan real, y tan terriblemente paradójico. Tuve la oportunidad de virar hacia atrás. La puerta seguía abierta, nada me detenía, todo estaba en mis manos, yo era el único responsable de lo que a partir de ese instante sucediera. La música era linda. Qué digo, maravillosa, lo mejor que mis oídos habían escuchado en mi vida. Todos mis deseos, los más prohibidos estaban a mi alcance. La música seguía seduciéndome. Ya no había trincheras. Me encontraba a salvo de la vida, la belleza estaba frente a mí. Había paz, luz, aroma, sonidos, colores, sabores, a ese lugar no le faltaba nada más. Mi mundo estaba completo.

Luego, por alguna razón, me desperté. En mi sueño imaginé, justo antes de despertar, que ése sería el final de aquella magnifica fantasía. Todavía me fui a la cocina y bebí un poco de agua. No sé, en verdad, no lo sé, pero en ese instante no recordé lo que había soñado. Volví a mi cama y sin darme cuenta me quedé dormido nuevamente, como si jamás lo hubiera hecho. Y otra vez la encontré frente a mí, esa mujer que jamás había imaginado, que jamás había visto en persona, estaba nuevamente de pie delante de mis ojos, la mujer que tanto había anhelado conocer: a mi abuela.

Pero no se presentaba ante mí como la anciana que aparece en los retratos familiares, sino como la joven más bella que había visto. Nos encontramos frente a frente, cara a cara. Por fin teníamos una conversación.

—Has vuelto —me dijo y sonrió. Encontré en esa sonrisa algo muy parecido a la imagen de mi madre, esa madre hermosa que siempre estuvo a mi lado, hasta el día en que murió de cáncer.

—¿Estoy soñando? —dije; sé que lo dije.

—Sí. Así es. Esto es un sueño. Pero no un sueño común. Es otra forma de vida. Otra manera de ver la realidad. Pero muy pocos lo saben. Casi nadie tiene el poder de volver. Tal vez sea miedo. Velo de esta manera, hijo, sólo unos cuantos logran distinguir el negro del blanco, aunque aseguren lo contrario. Cuando tu cuerpo pierde la consciencia, tu mente entra en otro mundo. Éste en donde estamos los muertos y ustedes los espíritus en libertad, o como dicen ustedes, los dormidos.

—¿Cómo sé que esto no es tan sólo un sueño, y que al amanecer todo volverá a la realidad?

—Muy fácil. Despierta. Y cuando vuelvas a dormir yo apareceré en tus sueños cuantas veces lo desees.

—Estás mintiendo.

—¡No!

—¡Sí! Todo esto es una alucinación.

—¡No seas terco! No seas como los demás. Tú tienes mucho más inteligencia que todos ellos. No te rebajes a su nivel.

—Mañana despertaré y descubriré que todo era un simple sueño.

—¿Eso quieres que sea?

—Sí.

—Eso es mentira. Admite que quieres volver.

—¡No!

—Mañana te veré aquí.

Y en ese momento abrí los ojos y estaba nuevamente en mi cama. El despertador anunciaba las cinco de la mañana. Debía cumplir con todas mis obligaciones. El cuarto aún se encontraba oscuro. Sabía que mi esposa estaba en la cocina, preparando el desayuno, como todos los días. Sé muy bien, aunque no lo corroboré, que mis hijos se encontraban en su recámara, vistiéndose para ir a la escuela. Cuando me di cuenta ya eran las seis. Algo me decía que no me levantara de la cama. Mi mujer bien sabía que eso no era común en mí. Al llegar al cuarto preguntó qué me ocurría y sólo pude decirle que me sentía mal. No levanté la mirada, no quité las cobijas que me tapaban el rostro y me volví a dormir. Y en cuestión de minutos me quedé dormido una vez más.

—Te lo dije. Sabía que volverías —me dijo mi abuela.

Me quedé mudo. No encontré palabras para desmentir a esa joven mujer que se encontraba nuevamente frente a mí, esa dama que presumía ser mi abuela.

—Acompáñame —dijo y se dio la vuelta.

Por un instante permanecí de pie, a su espalda, observando su vestido largo, relleno con crinolina, su hermosa cabellera, sus hombros desnudos, su piel joven y suave. Al notar que no caminaba junto a ella volteó la cara, y me preguntó qué estaba esperando para alcanzarla. «Nada, respondí, lo que pasa es que tú siempre fuiste una anciana en mis recuerdos». «¿Y tú crees que yo nací con arrugas?» «¡No! Sólo que todo esto me parece extraño». «Espera a que veas a los demás», dijo y caminó sin esperarme. La seguí hasta una casa de madera. La puerta rechinó al momento en que la abuela la abrió. Todos estaban ahí, felices, gozando de esa nueva vida, esa que no pienso dejar jamás. Volví a ver a mi madre, a esa mujer que con amor me arrulló en la cuna y a la que muy pocas veces le agradecí tanto amor, esa que ya no sufría de cáncer; también a ese viejo testarudo: mi padre que por fin había recuperado su brazo perdido en el sesenta y ocho; a Carmelita, mi hermana, que murió en un accidente automovilístico; a mi tío Martín; a ese amigo que alguna vez dijeron que se había suicidado, sí, también él ahí estaba. Había tanta gente que no hubo tiempo de saludarlos a todos. Lo prodigioso de todo el asunto no fue encontrarlos ahí juntos; sino felices, en paz, algo que jamás pasaba en mi familia. El tío Casimiro por fin platicaba con su hermano al que le robó una fortuna: el tío Ismael le había perdonado tan grave traición; el abuelo por fin aceptó su error e hizo la paz con mi bisabuelo. Consuelo encontró la calma que tanto buscó en vida y paradójicamente fue con su peor enemiga, su hermana, la envidiosa, la que le provocó tanto daño. Platiqué con muchos de ellos, reímos y bailamos. No lloramos. Créamelo doctor. Ahí no se llora.

Luego, ocurrió lo que menos quería: me despertó mi esposa sorprendida, que pronto me preguntó qué me había ocurrido pues había dormido todo el día. Fue entonces que noté que eran más de las siete de la noche. Le platiqué todo, le describí los colores y los aromas, a las personas, y los sentimientos que flotan en ese lugar tan bello, pero a ella pareció importarle un comino que todos se encontraran tan contentos. Nuevamente entramos en una discusión, otra, de esas que no llegan a ninguna parte, de esas que tanto ocurrían entre mi padre y mi madre.

Esa noche volví a mi sueño. Todo estaba igual, en paz. Encontré más gente y más amigos. Conocí nuevas caras. Charlamos tanto que otra vez nos faltó tiempo. Eran las cinco de la mañana y mi esposa que ahora se encontraba molesta me quitó las cobijas y me gritó que me despertara para llevar a los niños a la escuela.

Total doctor, para qué le hago la historia tan larga. Pasaron los días y mi sueño creció como bola de nieve. Renuncié a mi trabajo. Por ahora no lo necesito. Mi familia goza de una estabilidad económica. Podemos vivir con nuestros ahorros mínimo cinco años. Claro, a mi esposa eso no le gustó y se hartó de mi situación. No le gusta verme dormido. Y bueno, usted ya sabe lo que hizo, lo buscó a usted para que me ayude.

Doctor, no me diga lo mismo que ella, que se me ha zafado un tornillo, ni que se me apagó el foco, ni que estoy totalmente deschavetado. No me pregunte si me he golpeado la cabeza o si he sufrido algún accidente. Esto no es demencia. De nada servirá hacerme exámenes psicométricos. Usted lo sabe. Por eso es psiquiatra, porque desde el principio tuvo esa duda, ese miedo de la realidad. Siempre ha querido saber qué hay más allá de la mente. No me diga que no, porque lo veo en sus ojos, usted también tiene ganas de saber cómo están los suyos. La locura no es más que esa dimensión que los cuerdos no quieren ver ni conocer. Dice usted que todo esto es, quizá, cosa de locos. Yo no estoy loco. Los locos son ustedes que no admiten esta realidad. Allá, donde todo es una aparente loquera, no existe rencor ni envidia ni muerte ni odio ni gula ni morbo ni pudor ni asco, nada de eso que los cuerdos fraguan. Allá la gente no se pelea, no se humillan los unos a los otros, no se ridiculizan entre ellos ni se traicionan ni se matan por idioteces. Allá, la gente está en paz. Todos poseen el maravilloso don del perdón: «El más grande regalo». Por cierto, su hijo, el difunto, el que murió hace quince años, le manda decir que le ha perdonado eso que usted sabe y que no se puede perdonar. También le manda pedir que no tenga miedo cuando sueñe con él, que por amor a él no despierte, que no salga corriendo y que lo escuche, pues tiene muchas cosas que platicar con usted. Ahora, si no le molesta, apague la luz y déjeme dormir. ◆

13

EL PRIVILEGIO
DE LA AUSTERIDAD

mirada, el fuego de tus labios flecharon a mi pecho y de ti me enamoré».

Cuando la canción llegaba a su fin, Teofilito seguía con sus labores. Yo lo escuché infinidad de veces tarareando esa canción que tanto lo engatusaba:

«*Me dicen que paseabas en un carro, Yolanda, muy guapa y arrogante y todos te silbaban. Si un día te encontrara no sé qué pueda hacer, no sé, me vuelvo loco si ya no te vuelvo a ver*».

En ocasiones, pocas en realidad, pedía permiso para usar el teléfono. Marcaba con mucha cautela, siempre algún número, y esperaba una respuesta que sólo él escuchaba. En cuanto alguien le respondía, él decía con suavidad: «*Yolanda*». Colgaba y regresaba a trabajar. Jamás le escuchamos tener una conversación por teléfono. Por respeto, nadie le había preguntado a quién llamaba. Hasta que un día me tomé el atrevimiento de cuestionar quién era Yolanda.

—¿Yolanda? —respondió sin soltar su escoba—. ¿Por qué la pregunta, muchacho?

—Disculpe, don Teófilo, no quise ser inoportuno.

—Yo tampoco; sólo que nadie me había preguntado eso. Vaya, nadie sabe de Yolanda. Hace tanto tiempo que se fue —suspiró.

—¿Se fue? ¿A dónde?

—¡Ay, muchacho! —se rascó su nevada cabellera—. Si yo supiera ya habría ido a buscarla.

—Perdone, pero no entiendo.

—¿Qué es lo que no entiendes, muchacho?

—¿Cómo dice que no sabe dónde está Yolanda? Yo le he escuchado decir su nombre en el teléfono.

—¿Y eso qué?

—¿Entonces, a quién llama?

Don Teofilito dejó escapar una risotada y se sentó en una silla; con las dos manos se peinó el cabello sobreviviente arriba de sus orejas, miró al cielo y suspiró nuevamente.

—A un número distinto, muchacho —hizo una pausa y continuó—: Tengo treinta años llamando, siempre a uno diferente. Tengo una libreta en donde apunto los números en orden. Para no llamar al mismo. Pero Yolanda jamás responde. «*¿Dónde estás, dónde estás, Yolanda, qué pasó, qué paso, Yolanda? Te busqué, te busqué, Yolanda y no estás y no estás, Yolanda*». Esa es mi pregunta desde hace treinta años. Un día salió al mercado. Me dijo que no tardaría. La esperé toda la tarde y toda la noche, toda la semana, todo el mes, todo el año y hasta hoy la sigo esperando. Yolanda. No sé qué le pasó.

—¿Y su familia?

—No sé. Nunca la conocí. Jamás supe de su pasado, es más, no tengo la certeza de que en verdad se llamaba Yolanda. La conocí hace treinta y cinco años en un salón de baile. Yo frecuentaba el salón El Gran Fórum desde hacía mucho y jamás la había visto ahí. Te puedo asegurar, muchacho que yo conocía a casi todos y nadie supo decirme de dónde salió esa mujer que bailaba en el centro de la pista. Frente a ella se encontraba la fabulosa Sonora Santanera, con sus trompetas y sus timbales. Todo estaba listo para la gran celebración, serpentinas, trompetillas, confeti, globos, copas y champaña. De pronto la música se detuvo y la gente comenzó un conteo regresivo: Cinco, cuatro, tres, dos, uno. ¡Feliz año nuevo! La gente brindaba de pie por la llegada del año nuevo y la retirada del viejo y agotado 1956. Todos cantábamos con Tony Camargo esa canción ahora tan famosa de «El Año Viejo»: «*Yo no olvido al año viejo porque me ha dejao cosas muy buenas*». Luego el abrazo colectivo. Felicidades, compadre, le deseo lo mejor. No faltó quien salió corriendo a la calle con un par de maletas y le dio la vuelta a la cuadra para salir de viaje el año entrante. Tampoco aquel que se dio a la tarea de persignarse. Otros encendieron veladoras. Yo me encontraba regalando abrazos a todos los que se paraban frente a mí, pero en la búsqueda de aquella mujer que aún no conocía. De pronto sentí que alguien tocó mi hombro y al voltear la mirada la encontré con los brazos extendidos. *Feliz año,* le dije y supe que había encontrado a la mujer de mi vida. Y te lo digo así, muchacho, estaba seguro que no habría quien le quitara el trono —don Teofilito se peinó la calva, se quitó lo anteojos, se talló los ojos y dejó escapar una exhalación profunda—. Y así fue. *¿Cómo te llamas?*, pregunté. *Yolanda.* Y bailamos, platicamos y reímos y bebimos toda la madrugada. Terminamos descubriendo nuestros cuerpos en mi alcoba. Y ya sabes, muchacho, lo que hace un caballero frente a una dama. Yo pensé que se iría de mi vida al amanecer, pero no fue así. Se quedó esa tarde y ese mes y ese año y el siguiente. Y nos amamos con fervor. Jamás cuestioné su pasado. Siempre esperé a que ella contara algo. Pero no fue así. El tiempo pasó, las arrugas marcaron mi rostro, mi cabello blanqueó y un día sin decir adiós se marchó.

—¿Qué hizo para buscarla?

—¿Qué podía hacer?

Don Teofilito sacó de su mochila una porción de arroz y frijoles; se sentó en el piso para comer, como siempre lo hacía, y dejó la conversación en el aire. A partir de ese día jamás volvió a tocar el tema. Nada cambió, él siguió danzando con su flaca y despeinada escoba en los pasillos. Siempre que teníamos la oportunidad nos sentábamos a platicar en el suelo mientras él comía su porción de frijoles con arroz. Me contó de esas calles que ahora tienen nombres diferentes y de la ciudad que también había cambiado muchísimo. Nuestra amistad creció, los años pasaron y mi cabello también se despintó como el de ese viejo tan querido, ese anciano que con dificultad se movía. Bien recuerdo que todos le decíamos que ya no trabajara, que descansara, que ya se jubilara. Pero, ahora que lo pienso, él no necesitaba descansar; a él le urgía acumular cuantas ocupaciones fueran posibles para alejarse de aquel recuerdo que lo abrumaba. Pero nadie lo sabía y todos lo afligían, sin saber, con esa jubilación, que para él era innecesaria. Hasta el día en que no volvió al trabajo, y todos los empleados del museo nos dimos cuenta de cuánto nos hacía falta la compañía del viejo que barría y limpiaba los pasillos y que también nos contaba eso que nosotros no conocimos de nuestra ciudad.

El día que don Teofilito no llegó al museo, todos tuvimos un mal presagio. Dejamos que pasaran dos o tres días con la esperanza de que al día siguiente volvería. Al no recibir respuesta, decidimos ir en su búsqueda, sin tener una clara noción de su domicilio. Al llegar descubrimos que vivía en una vecindad, de las más pobres de la ciudad. En la puerta de ésta encontramos a una mujer sucia y olvidada que sólo decía:

—¿Dónde está mi bebé?

Luego preguntamos por él y nos dijeron que tenía varios días de no salir de su casa. Tocamos a la puerta por casi diez minutos. ¡Teofilito! Al no tener respuesta decidimos violar la chapa y entrar por la fuerza; entonces descubrimos que las páginas de su calendario habían llegado a su fin. El olor ya era insoportable. Hicimos algunas llamadas para que fueran por el cuerpo, y mientras tanto buscamos algo que nos ayudara a saber más de su vida y de sus familiares. Encontramos una cama, una pequeña mesa con dos sillas de madera, un armario casi vacío, unos cuantos trastes en la cocina, y muchas fotos de una mujer hermosa y sonriente. Buscamos cualquier cosa que nos diera una pista o nos contactara con algún familiar. No encontramos nada. El pobre Teofilito no tenía familiares. Según nos contó la vecina tenía treinta años viviendo en soledad. Luego ocurrió lo menos esperado: encontramos debajo de su colchón montones y montones de cheques, los cheques que había recibido en los treinta años de trabajo en el Museo Nacional de las Culturas de la Ciudad de México, esos que jamás había cobrado. Todos intactos. Y como anexo una carta:

Yolanda:

Tengo un largo camino recorrido, un pasado para contar que ya no quiere ocultarse, tengo mucho tiempo para pensar, tengo la noche y el día, tengo intacto al joven aquel que nunca pudo ser joven a tu lado, tengo el recuerdo de tus ojos que cantaban y tu voz que susurraba en mi oído, tu aroma que flota por todas partes, tengo un poco de tus cabellos como recuerdo y el recuerdo de tu voz, tu forma de hablar y tu caminar, esa forma de besar y tu instinto natural de hacer el amor. Comencé a decir tu nombre con la voz entrecortada y una lágrima en mi rostro acordándome de ti. Qué difícil es encontrarme solo aquí, con la sombra de tu recuerdo y el recuerdo de tu sonrisa que aniquila muy lentamente este amor.

Y justamente ahora que la muerte reclama mi presencia apareces en mis sueños. ¿Musa, dónde estabas? Mira que me pasé la vida juntando mis ahorros para el día en que te volviera a ver. Y veme a mí, viejo y acabado; mírate a ti, tan joven y bella. Yo no esperaba esto, yo quería encontrarte vieja, arrugada, como yo. Pero así es el recuerdo. Los muertos y los ausentes no envejecen. Sólo los que nos quedamos. Mírame a mí calvo, arrugado y cansado. Los años no cansan; sino los remordimientos. Por andar ocupado en tantas cosas me olvidé que tenía tarea pendiente contigo. Te olvidé, me olvidaste, nos olvidamos y el amor se fugó por la ventana y en su lugar nos dejó la monotonía; luego cuando abrí los ojos ya te habías ido en busca de tu libertad, esa que no supe darte. Mi Yolanda, mi amada, cuánto te debo. Allá afuera la vida sigue, los niños crecen, los jóvenes buscan el amor; los adultos la forma de mantenerlo vivo; y los viejos, algunos, tramando la fórmula para sobrevivir.

Yolanda, si algún día recibes esta carta, espero recuerdes los buenos momentos, a fin de cuentas eso es lo que vale; lo demás no sirve, créeme, en un lecho de muerte como el mío, el rencor no hace nada más que incrementar el dolor. Te dedico mi muerte para que te la lleves contigo a todas partes; y si te sirve, un montón de cheques para que te compres lo que quieras. ◆

14

AL SERVICIO DE LOS GERONTOFÍLICOS

¡Ay, chamaco! ¿Qué te puedo decir? Mírame. ¿Cómo crees que iba a regresar así? Fue mejor de esta manera. Hay cosas que la gente no debe saber. Y para él fue lo mejor. Para qué quieres que al enterarse le hubiera durado menos la vida. Dios sabe por qué hace las cosas, mijo. Ahora que quieres saber más de mí te confieso que mi verdadero nombre es Lourdes.

Mi madre siempre dijo que yo era la loca de la casa. De niña siempre fui mandona y caprichosa. Con mis amigos siempre exigía que todos jugaran lo que yo quería. Al cumplir los trece ya era una monedita de la calle. Y cuando llegué a la adolescencia sentí el cosquilleo por vivir cosas que nadie en casa había experimentado. Me vendí. Así como lo oyes, chamaco. Lo puta lo traía en la sangre. No sé de quién lo saqué, de lo que sí estoy segura es que yo simplemente quería ser puta. Para qué me hago la mártir. A mí no me violaron ni me obligaron. Lo hice porque me dio la gana. Para mí, la idea de perder la virginidad con un novio era como tirar mis monedas en una fuente de agua donde la gente cierra los ojos y pide: «Quiero ganarme la lotería». Espero ser feliz con estos miserables veinte centavitos que sacrifico. ¿Cómo esperan que un chorro de agua les cumpla sus deseos si no hacen nada para lograr sus metas? Eso no sirve. Los que hacen eso no tienen objetivos reales en la vida. Uno tiene que labrar la tierra, picarle, sudar, para cumplirlos por sí mismo.

Pero así es la gente, papacito. Como te decía: puta nací y como puta moriré. A mí no me llamaba la atención perder la virginidad con cualquier indio piojoso. Y deja te cuento que en mi barrio abundaban los pelados esos. A mí me excitaba la idea de convertirme, como decían en mis tiempos, en mujer, y saber que en ese momento estaría ganando mis primeros veinte pesos. Claro que tú no tienes idea de cuánto pesaba esa cantidad. Ay, si te imaginaras. Mi primer cliente fue un novio que decía que me amaba y que daba la vida por mí. Ajá. Sí, cómo no. Los hombres siempre dicen lo mismo. Y pues yo fui la excepción. Le dije sin remordimientos:

«Si quieres sexo conmigo, te va a costar».

Dejó escapar una risa irónica. Creo que intentó burlarse. No recuerdo bien. Ya estoy vieja. Lo que sí no se me olvida es que lo empujé, pues según él había preparado todo para esa, nuestra primera noche, y le dije que no estaba bromeando.

«Veinte pesos, le dije sin titubeo, y si no te gusta me voy a mi casa».

«¿Estás jugando?», preguntó y sonreía con miedo.

Teníamos dos semanas de dizque novios. Me porté lo más arrogante que pude y le respondí:

«Te voy a decir la verdad. Ésta no es mi primera vez, ya he tenido sexo muchas, muchísimas veces, y siempre he cobrado lo mismo. ¿A caso creías que eras el primero?»

La verdad es que no tenía idea de qué era eso llamado sexo, pero yo estaba montada en el trono de la soberbia; sonreí y lo humillé lo más que pude. Necesitaba inhalar su temor, su ansiedad, su incertidumbre.

«Mis besos, mis caricias y mi cuerpo tienen precio. ¿Te alcanza?»

Sé que para él fue como un balde de agua fría y que lo que necesitaba era un hoyo en la tierra para esconderse. Entonces sacó dinero de su cartera y extendió la mano con miedo.

«No tiembles, dije, no te voy a hacer nada malo».

A partir de ese momento supe que tenía el control sobre los hombres, que podía hacer con ellos lo que yo quisiera, entonces di inicio a mi carrera como puta. El pobre estaba tan nervioso que eyaculó en dos minutos. No conocí el triunfo de llegar a la cima del orgasmo esa tarde ni las que vinieron. El imbécil se sintió tan humillado que, como represalia, les contó a todos sus amigos que yo era la puta del barrio. Pobre, pensó que me estaba haciendo un mal, pero resultó todo lo contrario. Semanas más tarde tuve tantos pretendientes que necesité una agenda para administrar mi tiempo. El sexo se convirtió en un ejercicio rutinario, sin pasión, ni caricias, en ocasiones hasta aburrido. Jamás alcancé un orgasmo. Me acosté con tantos hombres que, la verdad, perdí la cuenta. Quizá lo que te pueda contar no te interese. Tú vienes a platicar conmigo por otras razones. Pero era necesario que lo supieras. No te espantes, mi rey, ya estoy grande, a quién le importa lo que haga una anciana de sesenta y ocho años. Hace muchos años que mi tarifa se denigró. Los hombres no pagan más de veinte pesos por tener sexo conmigo. Mírame, sólo a los gerontofílicos les interesa acostarse con una anciana como yo, acabada y arrugada. Sí, soy una puta y bien puta. ¿Qué le puedo hacer? ¿Para qué me persigno? Es un trabajo. Sólo que mucha gente no lo acepta. Otros sí. Los hombres me dicen que me desean suerte, quizá esa que no me merezco, pero yo qué puedo hacer, así nací y así me moriré, papacito.

Ya sé que te interesa saber cómo conocí a tu amigo y por qué lo abandoné. Como muchas otras noches entré a un salón de baile para conseguir clientela. Esa noche celebrábamos la llegada del 57. Yo me encontraba abrazando a todos los que en mi paso se encontraban. Luego me dijo que se llamaba Teófilo. Yo como muchas otras veces me cambié el nombre y le dije que me llamaba Yolanda. Me gustó su forma de hablar. Y si te soy sincera, me enamoré de él. Rompí mi juramento y me fui a la cama con él esa misma noche sin cobrarle un solo centavo. Sentí ganas de acostarme con alguien sin tarifa. Y mira cómo son las cosas que con el hombre menos esperado y el día más inesperado tuve mi primer orgasmo. Lo disfruté como jamás en la vida. Aproveché la situación y me quedé con él un par de años. Con él viví muchas glorias. Disfruté la idea de tener un hogar, una familia. Descubrí el goce de amanecer en sus brazos, de sentirme amada y de amar. Aprendí a cocinar, a limpiar la casa, a lavar la ropa de mi hombre, a esperarlo por las tardes. Nuestras vidas eran simples, pero eso era la causa de tanta dicha.

Mi alegría era despertar junto a él, hacer el desayuno, bañarnos juntos, cocinar mientras platicábamos, lavar trastes y ver algún programa de televisión, escuchar la radio, bailar en medio de la sala, caminar de su brazo, ir al mercado, jugar con él y sacar del fondo de su ser al niño que se negaba a ser descubierto. Lo hacía reír y me hacía reír. Y lo mejor de todo, aparecía en la cama cuando hacíamos el amor. Fui feliz. En verdad disfruté el privilegio de la tan desconocida felicidad. Pero te digo algo: Los humanos no sabemos disfrutar ese regalo que nos da la vida, siempre le buscamos complicaciones, no sabemos ser felices. Yo soy una de esas personas. Yo lo eché a perder en un dos por tres. Soy una perfecta estúpida. Teófilo me amó y yo, sin saber que ahí estaba la felicidad, me aburrí de él. Así como lo oyes. Me cansé de estar con él, me cansó la felicidad y un día, el menos esperado, quise salir a las calles, ser libre. Tal vez eso fue lo que él no comprendió, que una mujer como yo necesitaba más libertad. Jamás me dejó buscar un trabajo. No le gustaba que tuviera amigos. Y eso fue como una prisión. Un día, sin decir adiós, sin discutir, sin un abrazo, sin una lágrima, sin una bofetada y sin reclamarnos algo, me fui de su casa, esa que tanto amé, en dónde fui realmente feliz. Le dije que no tardaría, que iría al mercado y regresé a mi vida anterior. Jamás conocí a un hombre como Teófilo. Y para qué miento, muchacho, sufrí enormemente. Lloré mucho. Al principio pensé en regresar, confesarle quién era yo en realidad. Que supiera toda esa verdad que no conocía; luego me dio miedo que me rechazara. Él fue el único que no supo mi verdad. Y eso me tranquilizaba. También cavilé en volver como si nada hubiese ocurrido, no sé, inventar alguna historia. Y el día que estaba segura de volver a sus brazos él ya no vivía ahí. Luego me enteré que también había cambiado de trabajo, según los vecinos, entonces trabajaba en el Zócalo, en el Museo Nacional de las Culturas. En ocasiones fui a buscarlo, pero al llegar sentía un miedo incontrolable de dar la cara. Te lo aseguro, ningún hombre había provocado tantos sentimientos en mí. Y eso era como una bomba en mi corazón. Yo podía soportar cualquier grosería, humillación, y hasta golpizas de cualquier hombre, menos de él. En mi mente no cabía la idea de un desprecio suyo. Así de grande era mi amor, tanto que lo dejé. En ocasiones me paraba en la plancha del Zócalo y esperaba para verlo cuando salía. De cuando en cuando lo vi fumar en la puerta del museo mientras veía la lluvia. Jamás tuve el valor de pararme frente a él y decirle que lo extrañaba cantidades. Y mucho menos cuando me embaracé. ¿Cómo es la vida, verdad? Tuve un hijo cuando menos lo esperaba, cuando ya era una mujer de cuarenta y dos años. Los médicos no me dieron muchas garantías. Y mire, ahí anda. Ya es todo un hombrecito. Se llama Ulises. Cuánto me habría gustado que Teófilo hubiera sido su padre. Pero quién sabe. Ya ve que luego los hombres no nos quieren con hijos ajenos. Por eso seguí mi vida y lo dejé continuar la suya. Mi castigo llegó poco después: se me acabó el carisma, mírame. ◆

15

ESCÓNDETE QUE AHÍ VIENE LA BASURA

Mi hermana Gertrudis siempre jugaba con esa frase en cuanto escuchaba la campana del camión de la basura. «Hermilo, escóndete que ahí viene la basura». Y yo le seguía el juego. Era un niño, corría a esconderme en la cueva polvorienta bajo la cama o en el ropero. Cuando mi madre se enojaba por alguna de mis travesuras me decía: «Hermilo, si te sigues portando mal te voy a regalar con el señor de la basura». Nunca fui a la escuela, ¿pos cómo?, si en mi casa a duras penas alcanzaba pa' los frijoles, esos que seguro aste no conoce, ¿pos cómo?, con ver su casa me doy cuenta que aquí sólo comen caviar. Y sí le confieso algo, ni siquiera sé qué es eso. Pero bueno, patrona, le sigo contando. Mi familia siempre fue *probe*. Y con tanto chamaco que tuvieron mis papacitos, menos nos iba a andar alcanzando pa' otra cosa que no fueran frijoles, arroz y tortillas.

Vivíamos en una casa de cartón. Chiquita. Con decirle que sólo teníamos dos camas, los demás dormíamos amontonados en un montón de cobijas. Mi mamacita era una mujer llena de contradicciones, decía que era un pecado rechazar los hijos que Diosito le mandaba y por eso tuvo catorce. Yo fui el noveno. La verdad yo nací en un basurero. Mi familia vivía en el basurero. Y eso que decía mi hermana: «Escóndete que ahí viene la basura», era un juego irónico, pues los camiones llegaban todos los días y a toda hora. Mis hermanos y yo jugábamos en la basura. La pestilencia de la mierda y podredumbre no nos hacía ni cosquillas.

No me haga esas caras, patrona. Mire que yo no tengo la culpa. Así nací. Ahí nací. Mi papacito trabajaba como ropavejero y en las tardes después de comer se zambullía en los cerros del basurero en búsqueda de algo que sirviera. Nuestra casa, más que eso, era una bodega de papel, cartón, botellas, plástico, de todo. Cuando cumplí los cinco años mi papacito me llevó a trabajar con él. Él empujaba con las dos manos la carreta con llantas de automóvil mientras yo iba sentado, gritando: «¡Ropa usada que venda!» Luego se hizo realidad la promesa de mi mamacita. No conmigo, pues, sino con otro de mis carnalitos. Primero regalaron a mi hermanito, el más pequeño, Ángel, nuestro angelito, apenas había cumplido un año. Ella siempre dijo que la vida le daría mejores cosas con esa nueva familia. Poco después regalaron a mi otra hermana la que apenas tenía tres años con una familia que, según mi papacito, se la llevaría a otro país. Cuando me di cuenta ya habían regalado a la mitad de mis hermanos. Gertrudis me decía a escondidas que no los estaban regalando, sino vendiendo; nunca lo comprobé, pues. Después de eso viví con el temor de que un día mi mamacita me dijera que ya me habían vendido por cincuenta pesos. El precio era lo de menos; lo humillante era el hecho de que nos vendieran como ropa usada. En una ocasión vi que un hombre desconocido llegó y habló con mi mamacita, entonces yo corrí a esconderme en el basurero, brinqué sobre las montañas de basura hasta perderlos de vista. El Gusano me vio correr y en cuanto me alcanzó me preguntó qué me ocurría. Yo le respondí que mi mamacita me quería vender como ropa vieja. Entonces él se rió como nunca: «¿Cómo crees, chamaco? Tú ya eres parte del inventario de este basurero. Ya tienes derecho de antigüedad. Te aseguro que el día que ella intente hacer algo así, nosotros mismos haremos todo lo posible por mantenerte aquí».

Cumplió su palabra, a medias. Mis papacitos no me vendieron, pero me regalaron con el Gusano porque ya estaba muy grande, pues, y según esto ya nadie quería adoptar un chamaco tan grande. Ya había cumplido trece años. Luego mis papacitos se fueron del basurero y me dejaron allí. Ni siquiera me avisaron. Pa' entonces ya trabajaba en un camión de basura: caminaba por las calles de la delegación Gustavo A. Madero tocando una campana. El Gusano manejaba el camión. Patrona, déjeme le digo que manejar el camión de la basura es el puesto que todos ambicionan en ese trabajo. Es como ser el gerente de una gran empresa. El Gusano no hacía nada, sólo estacionaba el camión y ponía música mientras los demás recibían la basura que la gente traía. No crea que el servicio de esas colonias es como en la suya donde su muchacha pone la basura afuera de su casa y nosotros la recogemos. No; ahí la gente tiene que hacer fila, esperar a que el que está en el camión reciba su basura, y pos pa' luego poner una propina en el botecito. Algo así como la cola de las tortillas. Creo que ese fue un mal ejemplo. Usted no va por las tortillas. El asunto es que la gente tiene que esperar para que le reciban su bote de basura.

El Gusano era un señor con hartos hijos, pero ya todos grandes. Con decirle que ya muchos manejaban sus camiones de basura. No me haga esas caras, patrona, no hay nada de malo en este trabajo. La sociedad nos necesita. ¿Qué harían sin nosotros? Todo esto sería un cochinero. Nosotros somos como las hormiguitas que deshilachan todo lo que encuentran en su paso y lo utilizan productivamente. Imagínese, usted que un día las hormigas, las cucarachas, las ratas, los gatos y los perros se pusieran en huelga. ¿Qué pasaría? Las coladeras de la ciudad se taparían. Todas estas plagas, como la gente las llama, hacen una labor muy importante y necesaria: limpiar la ciudad.

Ahora póngase en mi lugar. Le guste o no, mi trabajo es respetable. No me discrimine. No me ponga esa cara como si yo viniera a hacerle un daño. Sé que a nadie le gusta hablar de la basura; pero si les encanta tirar cosas, desperdiciar comida, llenar bolsas y cajas con desperdicios sin importar su origen y destino. Tengo toda mi vida en los basureros, cuarenta años. Se dice fácil pero no es así, patrona, mire que he encontrado cosas que ni se imagina. Y para esto déjeme le cuento que cuando cumplí veintitrés años el Gusano ya tenía más de cuarenta personas trabajando *pa'* él. Se hizo rico con nuestro trabajo. Nosotros separábamos las botellas, el cartón, el plástico y todo eso que encontrábamos en la basura. Se lo digo y se lo repito, patrona: la basura es un gran negocio. Pero no pa' todos. Nosotros los pepenadores no tenemos derechos. ¿Cómo cree? A nosotros nos toca el trabajo sucio y duro de meter las manos en la mierda. No haga esas caras, patroncita, que me hace sentir mal.

Ahora, le cuento que el Gusano me corrió por una razón bien cochina. ¿Me creerá que un día me encontré una bolsa con hartos billetes? Eran tantos que ni pude contarlos. Esa tarde había como diez pepenadores junto conmigo. Todos teníamos que hacer diferentes cosas: unos debían buscar papel, otros cartón, vidrio, plástico. Además cargábamos morrales en donde debíamos guardar nuestro tesoro, como decían: cosas de valor, relojes, pulseras, o prendas. Pero nadie se imaginaba que yo, ese día, en realidad tenía un tesoro en mis manos. Al terminar la jornada teníamos que vaciar nuestros morrales en los contenedores. No había forma de salir de allí sin que no nos esculcaran. Eso parecía un banco, de esos que guardan harto dinero. Y pues sí, siempre estaban esperando que un día apareciera el gran tesoro, ese que yo tenía en mi morral. El Gusano no quería que nadie se quedara con algo de valor. Por más que buscaba una forma de salir con esa bolsa llena de billetes, no la encontraba. En cuanto pude me metí en uno de los camiones de basura y escondí la bolsa para regresar en la noche. Al terminar la jornada me senté a esperar pa' que todos se fueran a dormir. El Gusano se me quedó viendo con desconfianza. Veía cómo me frotaba las manos frente a la fogata que todas las noches hacíamos pal' frío. «Ya vete a dormir, Hermilo», me dijo. «No tengo sueño», le respondí. El Gusano se fue a dormir y yo me quedé allí solito, esperando el momento. Casi al amanecer me fui en busca de mi tesoro. El camión era viejo, no tenía seguro en las puertas, ¿a quién le interesa robarse un camión de basura? Levanté el asiento en donde había escondido la bolsa con billetes y salí corriendo. Pa' mi mala suerte el Gusano estaba parado en la entrada con un machete en la mano. «¿Qué traes allí, pinche traicionero?» Y no me quedó otra que echarme a correr. El Gusano me alcanzó y de un golpe me derribó. Luego me arrebató la bolsa con el dinero. «¡Traicionero!», gritaba mientras me rebanaba las espalda con su machete. Entonces me cortó mi mano de un machetazo. «Pa' que aprendas a no robar», me dijo.

Esa noche me llevaron a un hospital. El Gusano les dijo a los doctores que unos maleantes me habían cortado la mano. Y pos, a uno que es pobre y que no sabe de leyes, no le queda nada qué hacer más que aceptar las cosas como son. Al salir del hospital no pude regresar al basurero. Conocí la verdadera soledad. Comencé a mendigar por las calles. A limosnear. Mi barba creció. Envejecí y no me di cuenta. Jamás conocí la felicidad. Mi cuerpo se fue ensuciando. Acumulé pestilencias. Me aburrí de guardar rencores. Comencé a recorrer la ciudad. Fui testigo de muchas cosas y jamás nadie me preguntó. Perdí todo y gané mucho, pero a nadie le importa lo que yo, un mendigo, pueda contar.

Luego conocí a otros mendigos. Es como todo. Dios nos hace y nosotros nos encontramos. Compartimos el hambre, la luna, la soledad, las caminatas en las noches obscuras y las cuentas al amanecer; jamás el miedo, eso es personal.

Ellos me bautizaron como el Caníbal. No crea, patroncita, que me gusta comer humanos. Lo que pasa es que un día encontramos un muerto en un basurero. El Psico, que siempre dijo que antes de hacerse alcohólico había sido psicoterapeuta, psiquiatra, o algo así, fue el que encontró el cadáver. Déjeme le cuento que según él había tenido mucho dinero y que atendía pacientes y quién sabe qué tantas cosas. El asunto es que luego de tanto trabajar con los locos se le pegó eso de la loquera. Él decía que su hijo se le aparecía en sueños, y había muerto por su culpa.

Su familia no le creyó y le dijeron que estaba deschavetado. Se dio a la borrachera y se perdió en las calles. Al otro le decíamos el Gober, por vendido.

Pero deje le cuento, patroncita: el asunto es que nos encontramos un cadáver en el basurero donde prendíamos fuego para calentarnos en las noches. El Psico dijo que si no le dábamos santa sepultura su espíritu vagaría en pena. El Gober no quiso y se fue lo más pronto posible. Yo lo seguí. *¿Pos pa'* qué quería más problemas?

Ese día no había comido nada. Caminé por las calles hasta llegar a una carnicería y mi panza me dijo algo: «Róbate ese bistec». Y así fue. Las carnes estaban enfrente de todos. Era muy fácil tomar uno y escapar. Entonces salí corriendo con mi trozo de carne cruda hasta llegar al puente en donde vivíamos los tres. ¿Me creerá que los dos pensaron que me estaba comiendo al difunto? Por más que lo negué me comenzaron a llamar Caníbal. Y peor aún cuando llegaron los policías con el carnicero enfurecido. «Ése fue el que me robó», dijo el carnicero. «Nosotros no fuimos», dijeron el Psico y el Gober, «Él fue el que se comió al difunto». «¿Cuál difunto?», preguntó el oficial. «El que está en el bote de basura». Pues *pa'* pronto le cuento que me metieron al bote unos días en lo que se aclaraba el asunto del difunto y el bistec.

Disculpe usted por hablar de cosas que tal vez ni le interesan. Ya voy a lo que me trajo. Como le decía: desde entonces he andado mendigando por las calles, lamentando la pérdida de mi mano derecha, buscando ese tesoro que tanto anhelamos los pepenadores en los basureros, hasta que hace poco me encontré a este chiquitín en un contenedor de basura. Lo encontré envuelto en unas cobijas. ¿Me creerá, patroncita, que ni siquiera lloraba? Lo saqué del basurero y le pregunté cómo se llamaba. Por supuesto el chamaco no me respondió. ¿*Pos* cómo, si sólo tenía pocas horas de nacido? Lo vi reír. Me gustó. Sentí muchas ganas de ser papá, de tener un hijo y ayudarle a crecer, a conocer el mundo. Mire que sí quería quedarme con él, cuidarlo, enseñarle cosas, pero luego pensé: «¿Qué le puede enseñar alguien como yo?» Yo tengo meses sin bañarme. A veces, a duras penas como.

Lo he tenido menos de dos días, pero es una criatura que no merece una vida como la mía. Llora todo el tiempo. Yo no sé cómo darle amor. Yo no puedo brindarle educación. Me pasé la noche pensando, patrona. El amor es algo que yo no conozco. Es una cosa que yo no le puedo dar. Por eso vine con usted que siempre me ha tratado bien. Estoy seguro que usted le va a dar todo eso que conmigo no va a poder, todo eso que en la pobreza se desconoce. No se lo vendo, no le pido un centavo, porque yo nunca quise que hicieran eso conmigo. Pero como decía mi mamacita: «La vida le dará mejores cosas con esta nueva familia». ◆

16

RADIO-CHIDA

—Ave María Purísima.

—Sin pecado concebido.

—Confieso, padre, que he pecado de todas las formas posibles, sin temor y sin consideración.

—El reino de Dios será de todos los arrepentidos.

—Maté a una mujer.

—¡Ah, caray! Cuéntame.

—Trabajo en una estación de radio: Radio-chida, ¿la conoce?

—Creo que sí. ¿Dónde tocan música tropical?

—Así es, padre. Tengo cinco años trabajando ahí. Al principio estaba encargado de la sección de espectáculos. Mi trabajo era comunicar a los radioescuchas lo que hacen los famosos.

—Ya recuerdo. Tú eres el que finalizaba su programa con «Porque los famosos… son más que noticia».

—Sí. Me acuso de ser soberbio, pedante, lengua larga, de haber difamado y haber gozado de cada una de mis calumnias. Juzgué sin miramiento a todos esos famosos que jamás me hicieron algo. Lucré con sus problemas e infelicidades. Me mofé. Hice de sus vidas un teatro, una parodia, un juego en donde ellos eran marionetas a las que yo les cortaba los hilos a mi parecer. Los critiqué, los humillé, los perseguí, los despedacé en público y sobreviví a todas sus demandas legales. Hice de mi existencia un círculo vicioso. Me hice dependiente de cada uno de sus pasos. Puse mi vida en todos los artículos de espectáculos e ignoré que me estaba añadiendo a toda esa gente hundida en la mediocridad de pensar que los cantantes, actrices, actores, deportistas y demás famosos de la farándula daban vida a nuestro país.

»Soy responsable de engañar vilmente a la población y tenerla enajenada con pendejadas. Me culpo por desviar la información, distraer a los niños, a los jóvenes, amas de casa, a todos con notas estúpidas. Soy responsable de la distracción de mi país. Yo tuve la oportunidad de aportar algo inteligente a mis radioescuchas, de hablar de temas importantes, de inculcar cultura, conocimiento, y sabiduría. No fui capaz. Mi influencia sólo le dio vulgaridad y mediocridad a todos los que sintonizan la Radio-chida. Yo los llevé de la mano, ellos hablaban para pedirme consejos y yo desperdicié el tiempo con bromas imbéciles, lo más fácil de mi trabajo.

»La cima de la idiotez apareció cuando hubo cambios en la programación y la sección de espectáculos dejo de estar a mi cargo. Mi nueva sección se llamaba «Pobre inocente», los radioescuchas llamaban con el objetivo de hacerle una broma a algún conocido. Yo debía marcar y decir que llamaba de la policía o de algún hospital, o cualquier lugar que implicara seriedad, intriga y temor. La tarea era sencilla: decirle al que había contestado el teléfono que su amigo o pariente se encontraba en un grave problema. En ocasiones debía extorsionarlos. O simplemente hacerles pasar un mal rato, reclamándoles algo de lo que no eran responsables. Todos en la estación y en sus casas eran cómplices. Todos gozamos del dolor, de la preocupación, de la incertidumbre ajena. Reímos a más no poder. Hasta que un día recibí una llamada, que no puedo olvidar hasta el día de hoy; esa conversación sigue dando vueltas en mi cabeza.

»Teníamos pocos minutos al aire cuando entró la primera llamada. Un tal Ulises llamó para hacerle una broma a su novia. Marqué el número que me proporcionó y me hice pasar por un policía.

«Sí, buenas tardes. Me podría comunicar con María de la Luz».

«Ella habla».

«Sí, mire, estamos hablando del Ministerio Público. ¿Es usted familiar del joven Ulises Pérez López?»

«Soy su novia. ¿Ocurre algo?»

«Sí, mire. Lo que le tengo que decir es algo complicado».

«¡Qué pasó! ¿Qué le pasó a mi Ulises?»

«Mire, desafortunadamente no le puedo decir por teléfono».

«¡Dígame!»

—La joven guardó un largo silencio. Yo insistí por un rato para que no me colgara el teléfono. La diversión del programa de radio estaba en hacer sufrir lo más posible a la víctima, para luego decirle la verdad y que el victimario, en la otra línea, corroborara que todo era una broma. Y santo remedio.

«Dígame, por amor de Dios, qué le ocurrió a Ulises».

«Está bien, señorita. Esto no lo debo hacer, pero usted me cayó bien, y sólo por eso se lo voy a contar. Nada más no les diga a mis superiores que yo le di la información por teléfono. Usted sabe: uno tiene que cuidar su chamba. Fíjese que…»

«¡Ya, con un carajo!»

«Pues resulta que su novio tenía... ¿Cómo se lo digo? Otra novia. O amante. No sé. El asunto es que, al parecer tuvieron una discusión y ella lo mató».

—¿Cómo es que le dijiste tal barbaridad, hijo? Por amor de Dios, hay que tener consideraciones con el prójimo.

—De pronto se escuchó un silencio.

«Señorita. ¿Se encuentra ahí?»

—Ulises entró en la conversación.

«Mary... Lucy... Mi amor... Soy yo... Ulises... todo es una broma...»

—La joven no respondió.

«Creo que se nos pasó la mano con tu broma» —me dijo Ulises.

«Ahora échame la culpa a mí» —respondí con risas y chascarillos.

«Yo te pedí que le dijeras que tenía una amante; no que le contaras todo eso de que me habían matado».

«Es una broma, compadre» —le dije.

—El juego seguía entre Ulises y yo. Carcajada tras carcajada. A los radioescuchas les fascina eso. La joven no respondía. Nosotros insistíamos. «María de la Luz, estás ahí, todo esto es una broma, estamos hablando de la estación Radio-chida» De pronto ocurrió lo que menos esperábamos.

«¡Pum!»

—¡Ave María purísima! No me digas que…

—Sí. Se acabaron las risas. El balazo se escuchó en cadena nacional. Cortaron el programa y mandaron a comerciales. Se hizo un caos en el estudio. Rápidamente el productor ordenó que desmintiéramos los hechos. Por otra parte nosotros seguíamos conectados en la línea telefónica. Al parecer alguien en su casa escuchó el balazo y corrió en su ayuda. La persona que había entrado en el lugar de los hechos no se percató que el teléfono estaba descolgado.

«¡Luz! ¿Qué hiciste?» —gritaba.

—Cortamos la línea y regresamos al programa.

«Ya estamos de regreso a este su programa favorito: Pobre inocente. Y ahora el engañado créanlo o no, fue nada más y nada menos que… ¡Ulises! Ya saben, sigan llamando. Regresamos después de esta canción».

—Marcamos una vez más y le pedimos a Ulises que preguntara por su novia. La madre de la joven respondió:

«Acaba de ocurrir un tragedia… Luz se dio un disparo en la cabeza. Estoy esperando a la ambulancia».

—Le marqué a un amigo, reportero de *La Nota Roja* para que fuera al lugar de los hechos y me diera información. Le dije que alguien había hablado a la estación. Por él supimos que la bala había entrado por la sien y salido por la parte superior del cráneo; también que Ulises llegó al hospital veinte minutos más tarde y que ya no la encontró con vida. Dicen que la joven logró decir unas palabras:

«Ulises está muerto».

Esto no salió en ningún periódico, ni mucho menos en *La Nota Roja,* por ser considerado un suicidio. Del tal Ulises no supimos nada. La estación no se hizo responsable de nada. Es más, nadie, de las otras estaciones, comentó nada. Ulises no hizo nada. Yo no hice nada. No pasó nada. Porque en este país, no pasa nada.

—Hijo mío, Dios sabe por qué hace las cosas. Arrepiéntete. Recuerda que el Reino de Dios será de los arrepentidos. Yo te absuelvo de todo pecado, en el nombre del padre, del hijo y del espíritu santo, amén. Como penitencia, rezarás un rosario en su memoria todas las mañanas y ofrendarás una misa cada día que cumpla un mes de fallecida. ◆

17

EL DUELO

Bebé. Chiquito. Mi niño. ¿Dónde estás? ¿Quién te robó de mis brazos? ¿Por qué no te encuentro? Yo no te abandoné. No, yo no soy mala. Señora, señora. Ése bebé es mío, es mi niño. Deme a mi hijo. ¡No se lo llevé! No. Yo no fui. Aquí estás, pequeñito. Eres un mal criado. Toma, toma. Niño malo, eso no se hace. Y si lloras te doy otra nalgada. Nunca vuelvas a hacerme eso, mira que estuve preocupada. ¿Dónde te habías metido? Te busqué muchos días. Señora, oiga, no me quite a mi niño. Ese niño es mi hijo. ¡No me lo quiten! ¡Bebé! No me lo quiten. Mi Niño. Perdona mi pecado. Yo no tuve la culpa. Yo no fui. Bebé, perdóname, donde quiera que estés.

No me castigues más, suficiente tengo con la sanción que el destino me ha impuesto. Mejor acaríciame. Déjame disfrutar de tu perfume de bebé, el olor de tu ropita, de tu pañal. Acaríciame con tu recuerdo. Ven, acuéstate en esta banqueta, sí, aquí, a mi lado. Déjame escuchar tu corazón. Bésame. Cuídame. No dejes que me hagan daño. No permitas que me golpeen. Ellos me tratan muy mal. Bebé, mi niño, no me abandones que ya no puedo con este duelo, este duelo que mata. Mírame. Ya no tengo vida. Hace mucho que no tengo casa, ni amigos, ni familia, ni ganas de vivir. No tengo nada. Ya me cansé de no tener destino. Ya me cansé de no poder recordar. Sé que debo recordar algo. No sé. Todo me da vueltas. En ocasiones sé que algo pasó en mi vida. Yo no estaba así. Sé que un día fui feliz. Ya no sé por qué ni con quién. ¿Qué me ocurrió? ¿Por qué estoy aquí? ¿Por qué la gente me ve de esa manera? ¿Por qué hacen esas caras? ¿Por qué se tapan la nariz? ¿Dónde están todos? No me gusta estar sola. Me da miedo. Esta soledad duele mucho. Yo no quería que esto pasara. De veras. ¿Por qué me abandonaron? ¿Por qué estoy tan sola? Ya no recuerdo. Lo he intentado muchas veces. Bebé. ¡Hola! Bebé. Qué bueno que te encontré. No. No te vayas. Regresa. Regresa. Acaríciame. Ayúdame a recordar, a recordar todo eso que un día me hizo feliz, porque sé que un día tuve en mis manos un puñado de felicidad. Lo que no sé es dónde se quedó, dónde dejé mi alegría. Sé que un día estuve enamorada. Se llamaba... Ay, no lo sé, no recuerdo. Creo que… ¡Sí! ¡Ramón! Bebé, se llamaba Ramón. Él era… No sé. Yo era feliz con Ramón. ¿Ramón? ¿Quién es Ramón? ¿Dónde estás, bebé? ¿Quién me quitó a mi chiquito? ¿Dónde está mi hijo? ◆

18

LAS MANÍAS
DEL LUCRO

La estafa es como la mierda: todos la hacemos pero nadie la quiere. Mentira que exista una persona que jamás haya estafado a alguien. No me miren así. No se persignen. Así es la vida. Hagan memoria. ¿Cuántas veces no engañaron a sus padres para que les cumplieran un capricho? ¿O para salvarse del cadalso? La estafa es esa fuente de los deseos donde todos le echan monedas, pero sólo unos cuantos las colectan. A nadie le gusta que lo estafen, como todos sabemos. Así es, como dice el dicho tan famoso: Todo depende del cristal con que se mira.

Y yo fui uno de esos. Siempre estuve en contra de los fraudes. Me repugnaba ver chantajes por doquier. Era joven. Tenía planes. Iba a cambiar el mundo. ¡Ja! Sí, cómo no. Para conseguir un puesto burocrático tuve que pagar una cantidad exuberante. Luego hubo cambio de gobierno y como todos saben, era el año de hidalgo: nos quedamos sin chamba. ¡Carajo! De nada había servido pagar esa cuota que me dolió hasta por donde les conté.

Me encontraba en la cima del enfado el día que me despidieron. Necesitaba saciar mi rabia, desquitarme con alguien. Ya no buscaba quién me la había hecho, sino quién me la pagara. Entonces apareció la víctima perfecta. Ya lo había visto muchas veces en los vagones del metro, ese nido de buitres en busca de su presa: los consumidores. Siempre me había sentido irritado al ver a los vendedores de piratería en el metro, a los que fingían estar ciegos, a los que entraban con su arenga de que ayudaban a quién sabe qué pinche organización. Y esa tarde yo estaba como agua para chocolate. Un hombre entró al vagón y comenzó su perorata mientras repartía unas hojas: «Hola, que tal, buenas tardes. Disculpen la molestia que venimos ocasionando. En esta ocasión estamos solicitando su ayuda para una organización que apoya a las mujeres, jóvenes y niños enfermos de SIDA. Como ustedes saben, esta enfermedad mata miles de personas en todo el mundo. Mucha gente necesita de su apoyo. Y nosotros lo estamos haciendo con nuestro trabajo voluntario. Les agradecemos nos apoyen con cualquier moneda que no afecte sus bolsillos. De antemano, muchas gracias y que Dios los acompañe».

Yo estaba que me cargaba la chingada. Encabronadísimo. Cuando las puertas del metro se abrieron, el supuesto voluntario se bajó para subir al siguiente vagón. Lo seguí. No lo notó. Observé sus pasos. Conté las monedas. En menos de dos minutos había recibido, según mis cálculos aproximados, un promedio de cinco pesos. Un tren del metro tiene nueve vagones. Veinticinco minutos, máximo. Cinco por veinticinco, ciento veinticinco pesos. En una hora el tipo estaba ganando doscientos cincuenta, lo que equivale a dos mil pesos en ocho horas. No lo pude creer. Hice cuentas nuevamente. Dos mil. Tres ceros. Y yo sin trabajo. Sentí un impulso por golpearlo, pero sabía que eso no sería posible. Cuando se acabaron los vagones, el hombre bajó y esperó la llegada de otro tren. Lo intercepté, le dije que trabajaba para el gobierno y que teníamos mucho tiempo investigando su fraude. El hombre respondió por el nombre de Tomás. No se veía temeroso de mis palabras. Por un instante pensé que en realidad estaba haciendo un trabajo voluntario y que todo era un desvarío mío.

Inesperadamente, ocurrió algo. Tomás me dijo que lo acompañara. Y me llevó a un despacho pequeño, donde me presentó con su jefe, don Manuel. Por un instante pensé que ahora sí me había metido en un grave problema. «Dígame, entonces, ¿de dónde dice que viene?», me preguntó y se sentó en el escritorio frente a mí. Su interrogatorio me intimidó. «De la Secretaría de Hacienda», respondí. Era una mentira. Yo no había trabajado ahí; yo había estado en un municipio tramitando licencias de conducir. «Ah, ya veo. ¿Y de cuánto estamos hablando… licenciado…? ¿Cómo dijo que se llamaba?» Yo respondí: «Víctor Moncada». Estuve a punto de confesar la verdad pero cuando escuché eso de «¿cuánto?», pensé: Ladrón que roba a ladrón, tiene cien años de perdón. Si no puedes con ellos únete a ellos. El que no tranza no avanza. «Pues, primero dígame cómo funciona su negocio y luego podremos llegar a un acuerdo», dije. Don Manuel soltó una carcajada.

Encendió un puro, me echó el humo en la cara y sonrió: «Muy fácil, licenciado Moncada. Tengo cuarenta empleados. Todos trabajan en los vagones del metro. Piden apoyo a la gente. La gente lo hace con gusto. Regresan y entregan el dinero tal cual lo reciben. Se preguntará por qué son tan honestos conmigo: porque aprendieron a no morder la mano del amo que les da de comer. Yo les doy estabilidad y sobre todo felicidad. Yo administro su economía. Nunca les falta nada. No pagan impuestos. Yo los protejo. Por eso Tomás no tuvo ningún problema en dejar de trabajar y traerlo hasta aquí. Ahora, Moncada, escucha esto que te voy a decir: Métete por el culo ese cuento de que ‹vienes de la Secretaría de Hacienda› y deja de estar chingando. Vamos a hacer como que aquí no pasó nada y santo remedio».

En alguna otra ocasión habría salido corriendo, pero esa tarde estaba tan enojado por lo de mi despido, que no me importó llevar el riesgo de lo que estaba a punto de hacer: «Está bien. No trabajo en Hacienda ni en el gobierno ni en ninguna parte. Necesito trabajar, necesito dinero». Don Manuel dejó escapar otra carcajada. Caminó por toda la oficina; luego me golpeó la nuca de una manera fraternal. «Mira, tú no tienes la pinta para subirte a los vagones. No. La gente no te creería. Para eso se necesita otra imagen. ¿Qué te parece si mejor te quedas a trabajar en lo administrativo?»

Así fue mi inicio en esta empresa, señoras y señores. Don Manuel, aquí presente, puede comprobarles que no estoy mintiendo. Al principio fue difícil el cambio, aceptar que estaba cometiendo un fraude, un chantaje, una estafa o como le quieran llamar. Pero luego mi cerebro comenzó a maquilar ideas. Ideas que fui presentándole a Don Manuel. Ideas que en su mayoría fueron aceptadas y llevadas a la práctica. El número de empleados subió considerablemente. Pronto arrancamos un nuevo proyecto, nació la empresa Vinel. Comenzamos a reclutar gente por medio de anuncios de periódico que ofrecían un sueldo de dos mil pesos por semana, ambos sexos, sin experiencia requerida, cuatro horas al día. El proceso funcionaba de esta manera: El candidato llegaba a nuestras nuevas oficinas y entraba a una entrevista. Luego se le daba una breve explicación sobre las funciones de la supuesta empresa de servicios de relaciones industriales y planeación de recursos. Se le garantizaba que no eran ventas y que en un lapso de una semana, finalizado el curso de capacitación, firmaría un contrato laboral. El curso de entrenamiento era en realidad un curso de motivación personal, al cual asistían en promedio doscientas personas. La gente quiere garantías, promesas lindas. Quieren saber que su lugar de trabajo será en un ambiente lleno de alegría y prosperidad. Y eso les ofrecimos. Todos salían contentos, gozosos de por fin haber encontrado un trabajo fácil y lucrativo. Al finalizar la semana se les decía que para entrar debían hacer una inversión de dos mil pesos. Para entonces ya se había realizado una fuga del setenta por ciento de los candidatos, esos que no tienen ganas de ganar dinero, esos que creían que nada más les quitaríamos el dinero. Pero, ¿qué son dos mil pesos por un curso de motivación personal, un contrato de trabajo y un sueldo de mínimo dos mil pesos semanales? Firmado el contrato se les daba el cargo de ejecutivos y se les decía la verdadera función de la empresa y de su trabajo. Era un gran negocio. Debían invertir en anuncios de periódico para repetir el proceso; luego se les pagaban cuatrocientos pesos por cada nuevo ejecutivo; doscientos por cada ejecutivo que sus socios trajeran; y cincuenta por los cuartos en la fabulosa pirámide.

Vean todo lo que hemos logrado. Tomémoslo desde otra perspectiva: no era un fraude; era un sistema de inversión. Todo firmado en un contrato totalmente legal. Hace algunos años vendimos las dos empresas para dar un salto a lo grande. El programa de ayuda comunitaria llamado «Un trocito de auxilio». Ustedes, mis queridos socios, ya saben cómo funciona. Hacemos una producción de tarjetas postales con niños enclenques y mugrientos y las vendemos en una cantidad mínima: diez pesos. ¿Qué piensa la gente? Pobre niño, él muriéndose de hambre y yo aquí gastando ochocientos pesos en despensa. Señorita, ¿me puede vender dos tarjetas de éstas? No; que sean tres. A mediados de año realizamos la segunda ronda: «Cierra tu cuenta», en donde la gente que acude a los supermercados nos regala veinte, cincuenta, noventa indefensos centavitos. Gracias por hacer sus compras en *Súper Precios,* ¿encontró todo lo que buscaba? ¿Desea cerrar su cuenta y donar cincuenta centavos para los niños pobres? Parece poco. Pero no es así. Ustedes vieron las cifras del año pasado. Y para terminar el año, mi última obra maestra: «Subsídialos». ¿Cuántos de ustedes no han ido a un cajero automático y por las prisas presionan *Sí* a todo para que la máquina se apure? Casi nadie lee lo que dice la pantalla por miedo a que el cajero se trague su tarjeta. Y los que lo leen, piensan: «Son dos pesos que hay que donar para los niños hambrientos, esos que no tienen para ir a la escuela. ¡Subsidiémoslos! A la gente le gusta sentir que está ayudando. Sea la razón que sea. Y sí. Sí damos ayuda a los necesitados, pero es el diez por ciento de lo recaudado, sino, ¿dónde está el negocio? Ahora, compañeros ejecutivos, quiero ofrecer un brindis, en este nuestro cuarto aniversario, en honor de nuestro presidente don Manuel. ¡Salud! ◆

19

DEPARTAMENTO EN RENTA

—Buenas tardes, vengo a ver el departamento que anuncian en el periódico de *La Nota Roja*.

—Hola señor, pase. El departamento está en el segundo piso. Mi nombre es Julieta Martínez Cortés.

—Mucho gusto. Mire qué casualidad, también me apellido Cortés. Mi nombre es José Luis Cortés Peña.

—¿No seremos familiares? ¿Conoce usted a Mario Cortés?

—No. Creo que no.

—¿Y a Luchita Cortés?

—No.

—¿Qué tal a Lupita García Cortés? Mire que ella tuvo muchos hijos y…

—No. ¿Podemos ver el departamento?

—Pero, por supuesto que sí. ¿El departamento sería para usted solo?

—Sí. Así es.

—¿Es usted casado?

—No. Me acabo de divorciar.

—No es que sea chismosa, pero déjeme le cuento que hace algunos años tuvimos aquí mismo a un vecino que era casado, pero nadie lo sabía, ya luego nos enteramos que rentó el departamento sólo para traer a sus amantes. Un día llegó su esposa y se armó la trifulca. Esa misma semana se salió.

—Por mí no se preocupe. En verdad me acabo de divorciar. Le prometo no hacer ruido. Sólo necesito un lugar dónde dormir.

—Pase usted, véalo, mire qué bonito está, mire qué amplio. Aquí podrá dormir todo el día si así lo quiere. Nadie hace ruido. Está bien tranquilo aquí. Ahora sí, déjeme le cuento que hace poco ocurrió una tragedia. Yo siempre le dije al dueño del edificio que el señor Zavala no era de toda mi confianza. Siempre he sabido reconocer la maldad en la gente, y veo que usted es un buen hombre. En cambio el señor Zavala era todo un monstruo. Fíjese que le pegaba a su esposa. Así es, señor. Yo lo escuché todo. Pobre mujer. Si supiera cuánto rezaba por ella. Ay, nada más de pensar en los golpes que ese salvaje le propinaba me daba un horror. Fíjese que casi no la dejaba salir. Con decirle que yo ni sabía su nombre. Además, ese salvaje jamás se presentó con los vecinos. Llegaba y se metía en su casa. Llegaron a este edificio a mediados del año anterior. Todos nos dimos cuenta que golpeaba a su mujer desde la primera semana. Pero usted sabe que uno no debe meterse en esas cosas.

—¿La renta incluye el agua y la luz?

—Sólo el agua. La luz la paga usted. Fíjese que el señor Zavala gastaba muchísima luz. A veces tenían los focos encendidos toda la noche. Y de eso me daba cuenta porque con tantos gritos de la señora Zavala me despertaba y terminaba por asomarme por la ventana. Pobre mujer, que Dios la tenga en su Santa Gloria. Lamentable su asunto. Mire que venirse a casar con un hombre tan salvaje. Por suerte a mi hija le fue muy bien: se casó con un licenciado en administración que es director de una empresa muy grande, y seguido salen de viaje. El mes pasado se fueron tres meses a Italia y en navidad se fueron de vacaciones a Francia. Mi yerno dice que en cuanto construyan su nueva casa me sacarán de trabajar y me llevarán de viaje con ellos. Si usted supiera de todos los lugares bonitos que han visitado en Latinoamérica. Con decirle que hasta fueron a Alaska. No es fácil conseguir un buen marido. O una buena esposa. Yo comprendo que se haya divorciado. Luego se encuentran cada vieja floja y abusiva…

—¿En dónde está el cuarto de lavado?
—Allá en el fondo. Este departamento tiene todo. Muy bien puede traer usted una lavadora y una secadora para su ropa. Venditas máquinas. Cómo nos ayudan a ahorrar tiempo. Claro, no todos pueden comprar una lavadora, ya sabe usted cómo está la economía. Y eso, la esposa de mi hijo nada más no lo comprende. No sé qué tiene en las neuronas. Mi hijo no tiene dinero, va empezando, tiene poco que se graduó. Pero la chamaca esa no lo entiende, quiere que mi hijo la lleve de vacaciones a Acapulco, quiere una lavadora, una secadora, y quién sabe cuántas cosas más. No es posible. Yo espero que ese matrimonio no dure mucho. Mi hijo se merece algo mejor.
—¿Qué tan frío es en la noches?
—Pues no mucho. Bueno sí. En ocasiones cuando me despertaba en la madrugada, sí notaba que la temperatura bajaba muchísimo. Tengo el sueño muy pesado. Casi no me despierto a esas horas. Pero cuando estaba el señor Zavala, no podía dormir. ¿Pues cómo? Con los gritos que daba su pobre esposa, que en paz descanse, nadie en el edificio podía disfrutar del sueño. Era en verdad un tormento. A mí me daba mucha pena por ella. Si supiera cómo gritaba: ¡Auxilio, me están matando! ¡Ya no me pegues!

¿Y una qué puede hacer? Lo mejor es no meterse en esas cosas. El matrimonio es de dos. Por eso a mis hijos los dejo que solucionen sus problemas.

—¿Cuáles son los requisitos para rentar el departamento?

—Mire, a usted se le pediría un depósito, una renta y la carta de un aval. Antes no pedíamos la carta, pero con lo del señor Zavala, al dueño del edificio no le quedó otra que ponerse estricto. Ya ve que a veces caras vemos, corazones no sabemos. Como el del monstruo aquel. Yo la verdad ya estaba harta de ese hombre; por eso un día le llamé a la policía. No es que sea metiche, pero a mí me daba miedo que un día terminara matando a su mujer… Y mire lo que pasó. Pero nadie me hizo caso. Siempre insistí en levantar una denuncia. Como le decía: una noche llamé a las autoridades. Poco después llegó una patrulla. O algo así. Le dije claramente al oficial que ese señor golpeaba a su mujer todas las noches. ¿Y sabe usted qué hizo? Me agredió. Sí. Esos señores ya no tienen respeto ni por su madre. Me amenazó que me llevaría arrestada por agresiones a la autoridad y quién sabe qué tantas cosas. Estoy segura que el señor Zavala le dio unos cuantos billetes al oficial para callarlos. Qué se puede esperar. Esta sociedad va de mal en peor. Nada como en mis tiempos. Cuando era joven podíamos salir a las calles sin tener que preocuparnos. Ahora una tiene que cuidarse a toda hora. Hace algunos años no se escuchaban todas esas cosas que ocurren ahora.

—¿Podrían arreglar esta ventana?

—Eso es seguro. Con el frío que hace en las noches, usted no quiere tener una ventana rota.

—¿Por qué está rota?

—Pues, no sé si deba contárselo.

—¿Por qué no?

—Pues, el dueño me dijo que no le dijera a nadie. Él dice que si les cuento, no van a querer rentar el lugar. Ya sabe cómo hay gente que es bien supersticiosa.

—No se preocupe. No soy supersticioso.

—Bien. Pero no le diga a nadie que yo le conté. Como le decía: el señor Zavala no dejaba de golpear a su mujer, ni porque vinieron las autoridades. No había nada que lo detuviera. Hace dos meses ocurrió una desgracia. Después de tanto aguantar, de tanto recibir golpes, de tanto gritar, de tanto llorar, la vida de esa pobre mujer llegó a su fin. La señora Zavala murió de una manera espantosa, cruel: su esposo la aventó por esa ventana. Aún no logro reponerme de la impresión. En ocasiones sueño con esa imagen. Sí, veo a la pobre señora Zavala en el suelo, en su bata para dormir, bañada en sangre, con los ojos mirando a las estrellas, despeinada, feliz, aunque no me lo crea, se le veía una alegría en el rostro. Estoy segura que era porque por fin había encontrado una salida a ese martirio que tanto la hizo llorar. Que Dios la tenga en su Santa Gloria y que salve su alma. ¿Me creerá que él mismo llamó a las autoridades? Así como lo escucha. No crea que lo hizo porque estaba arrepentido de su pecado capital. ¡No! Yo sé, estoy segura que todo era una farsa, quería aparentar ante las autoridades que era inocente. Lo hubiera visto llorar. Todo un actor de primera. Si yo no hubiera sido testigo de todas sus atrocidades, le aseguro que también le habría creído. Luego nos interrogaron a todos los vecinos. ¿Y usted cree que nos íbamos a callar? Por supuesto que no. Esa misma madrugada se lo llevaron arrestado. No sé qué hizo pero al día siguiente regresó como si nada hubiera pasado. De ahí en adelante se le vio triste y solo. Dejó de trabajar y al mes se fue. Y qué bueno. Ahora todo está tranquilo. Entonces, ¿qué le parece? ¿Se queda con el departamento? ◆

20

EL ÚLTIMO RECURSO

Recordarás entonces que aún te queda un último recurso. Las letras de tu casa, esa que Eligio te dejó antes de morir. Sí. Con eso podrás pagar la cremación de su cuerpo. Sólo así lograrás cumplir su última voluntad: vaciar sus cenizas en el mar. «Viejo loco», le decías. Y en tu rostro se dibujará la primera sonrisa del día. ¡Vaya! ¡Aleluya! Después de todo, las cosas no podían salir tan mal. Caminarás a la recámara y tocarás la puerta antes de entrar. Siempre lo has hecho y no encuentras una razón para no seguir la costumbre. Esperarás un momento y abrirás con mucha cautela para no hacer ruido y te sentarás en ese sillón en donde Eligio leía por horas todos esos libros que a ti tanto te aburrían. Tomarás la mano de tu difunto esposo y le preguntarás sin quitar los ojos de su rostro pálido e hinchado:

—Eligio —harás una larga pausa, sentirás una pena indómita, te dolerá mucho tomar esa decisión, pero, de acuerdo a lo que has estado pensando desde que saliste del banco, ésta es, sin más, la única solución—: Estaba pensando que… —fruncirás el ceño y sentirás un impulso irremediable por llorar— …esta casa es muy grande, y que para mí sola sería ya mucho trabajo limpiarla. Si la vendemos… quizá… con ese dinero…

Por un instante creerás que su mano fría y tiesa aprieta la tuya. Sentirás una necesidad por justificar tu decisión.

—Es para los gastos… Mira que fui a una funeraria y todo esto es muy caro… —pensarás, por un momento, que estás cometiendo un grave error, vender la casa no es lo que Eligio hubiera querido en vida—. Sí. Lo sé. Estoy consciente que esta casa es el patrimonio de toda una vida y que fue construida para tus hijos. Pero… Eligio… no tomes las cosas de esa manera… estuve investigando precios y… necesitamos cinco mil pesos para los servicios de gestoría, nueve mil para el ataúd, cinco mil para arreglo estético de tu cuerpo, y cinco mil para tu cremación. No tenemos ese dinero… lo más barato que encontré es de quince mil pesos. Todos piden un solo pago. Para la muerte no hay pagos en abono.

—Eligio... Habla con ella...

Volverá a tu mente la tarde de 1931 en que conociste a Eligio y tuviste la certeza de haber encontrado al amor de tu vida. Tenías apenas catorce años, mientras que él ya era todo un hombre de treinta y un años. Lo viste frente al portón de la casa de tu amiga Alicia. Unas cuantas carcachas transitaban por la calle. Y detrás de éstas una docena de hombres a caballo.

Justo en ese momento se abrió el portón. Una de las criadas abrió la puerta. Apenas ibas llegando. Eligio te miró y sonrió mientras se levantaba el sombrero en forma de saludo.

—Pase señorita —dijo la criada y Eligio se quedó en la puerta.

Caminaste apresurada para contarle a Alicia que en la puerta se encontraba el hombre más guapo que habías visto en tu vida. La confianza que las unía te permitía pasar por la casa sin pedir permiso. Llevaban diez años de conocerse. Habían ido a la misma escuela. Eran vecinas, mejores amigas y cómplices en todo. O por lo menos eso creías, pues al llegar a la habitación de Alicia la encontraste arreglándose el cabello. Tenía puesto un vestido de gala.

—Qué bueno que llegas —te dijo Alicia—. Ayúdame a arreglarme el pelo.

Te apresuraste a tomar el cepillo.

—Ahora sí dime, ¿qué es eso tan importante que tienes que contarme? —preguntaste.

—Es una sorpresa —sonrió Alicia—. ¿Y tus papás?

—Ya vienen. También están intrigados por la invitación.

Pretendías contarle que habías conocido un hombre en la entrada de su casa, pero Alicia no dejó de hablar. Te contó sobre la cena que tenían preparada, sobre los invitados que acudirían, sobre el vestido que había comprado la tarde anterior, sobre la comida que servirían, y sobre lo alegre que se sentía. Pero en ningún momento dijo el motivo.

Esperaron en su recámara por un par de horas, y pese a que insistías para que te revelara el motivo de tan importante cena, Alicia no dijo nada al respecto. Mientras tanto cerrabas los ojos y recordabas el rostro del hombre que habías conocido esa tarde. Eligio te besó en tus fantasías pubescentes. Horas más tarde, tu sueño se desplomó. En aquella cena se anunciaba el noviazgo entre Eligio y Alicia.

Sentirás temor por no ser descubierta por tu amiga que se encuentra feliz con los preparativos de la boda. Alicia. Qué bonita te ves. Alicia, date vueltas con tu vestido. Baila. Qué envidia. Linda novia.

«Esto no está bien», pensarás y correrás lejos para no ver a Eligio —ese hombre que te dobla la edad a ti que sólo has cumplido trece años—, y te esconderás en tu casa por varias semanas. Te zamparás ese sentimiento y callarás por tantos, tantos años, y serás testigo de esa boda y madrina de sus seis hijos y los verás crecer, casarse, tener hijos, y verás morir a tus padres, a tus hermanos, a tus amigos y te darás cuenta que la vida pasó, y tú sin percatarte, te quedaste sola en tu casa, acumulando años y arrugas. Sólo hasta la muerte de Alicia, sólo hasta entonces, cuando hayas cumplido cuarenta y ocho años, podrás hacer realidad tu sueño de casarte con Eligio Baeza y Nava.

Vivirás por un instante ese momento en que Eligio, el sabio profesor de historia, te tomó de la mano y te propuso matrimonio. Reirás —no sabrás si es por vergüenza o por incredulidad—, y sin preámbulo responderás: «Eligio, ya estamos viejos para eso. Mírame. Mírate». Verás sus ojos y sabrás que no está jugando: «Viejos los cerros y ahí siguen, mujer. A mí todavía me queda mucho tiempo. Tengo sesenta y cinco años y pienso vivir hasta los cien».

Y quizá, ahora, después de treinta y tres años junto a él, sentirás que valió la pena, que sin duda esa era tu misión en la tierra, quizá. Ya no querrás indagar en el asunto y evitarás ver el retrato de Alicia para buscar los papeles de la casa. Revisarás los cajones y el ropero. Abrirás todas las cajas y leerás todo tipo de papeles viejos hasta dar con algo que compruebe la posesión de la propiedad. Por fin después de mucho buscar encontrarás una copia del tan imprescindible documento. No lograrás sonreír. Imposible. Llegarán a tu mente una serie de acontecimientos.

Nuevamente pensarás en uno de los ocho hijos de Eligio, ese que se rehúsa a llevar el apellido de su padre, ese viejo testarudo de ochenta años. Enojado porque el joven Eligio no se casó con su madre en 1918, cuando él nació, pero sí lo llevó a su boda con Alicia en 1932 y lo invitó a tus nupcias en 1965. Sentirás sus insultos y ataques una vez más, recordarás el repudio de todos ellos, los tres hijos que tuvo antes de casarse con Alicia; y los cinco hijos que jamás pudieron perdonarle a su padre el haberse casado pocos meses después de la muerte de Alicia. Harás memoria y por fin comprenderás el motivo de aquellas visitas clandestinas, siempre, cuando tú no estabas.

—Eligio... No me digas que le firmaste los papeles de la casa. Ay, Eligio, que Dios nos amparé.

Entonces te sentirás más sola que nunca, sentirás ganas de llorar, de gritar, tirar todo lo que encuentres en tu camino, de golpear a todos, de salir corriendo, sentirás tantas cosas y no sabrás qué hacer con ese montón de sentimientos encontrados, hasta que de pronto, te darás cuenta que tú no eres Raquel Mateos de Baeza. Tú no estás en su lugar, por eso no tienes por qué preocuparte. Tú no te acostarás en la cama junto al cadáver de Eligio. No tendrás que esperar a que la muerte llegue. Por suerte no. Pensarás: «Eso no me pasará a mí». ◆

21

LA PASIÓN
FUTBOLERA

Mi compadre tuvo la culpa. ¿Para qué anda de bravucón? ¿Quién lo manda? El que se lleva se aguanta. Así es esto en el fucho. La pasión futbolera tiene sus altas y sus bajas. No siempre se puede ganar. A mí me ha tocado perder, y muchas veces, pero no por eso me pongo a chillar. Pinche compadre que no sabe perder. Una apuesta es una apuesta. Como ya sabes, Domingo, los cuates y un servidor tenemos años haciendo la quiniela, que no salga con chingaderas. Ahora resulta que se hizo el indignado. ¿Quién lo manda? Hugo no le dijo nada. Pero mi compadre Domingo no se sabe aguantar. Sólo cuando le conviene. Y mientras ganaba no hacía panchos. Que no salga con esto, por amor de Dios. ¡Carajo! Pinche Domingo no sabe perder. Una apuesta es una apuesta, y el que pierde debe aprender a perder. ¿Para qué llegar a tanto?

Todo empezó por el partido de fútbol. Así como lo oyes. Era el último partido para llegar a la final. Chivas contra Pachuca. ¿Ya te acordaste? Fue el día que saliste de la ciudad. Todo estaba a todo dar. Compramos cervezas y cigarros. Mi comadre Rosaura hizo un chicharrón delicioso, unos nopalitos, unos frijolitos, un arroz, una salsa y unas gorditas que estaban para chuparse los dedos. ¡Ay, mi comadre! Tan rica… su comida. Una maravilla en la cocina.

Todos estábamos ahí en la casa del compadre Domingo, como siempre. Tú sabes que para esas cosas los mexicanos somos buenísimos. Nunca estamos solos en los partidos de fútbol. O las fiestas. Siempre tan unidos. Así es nuestra queridísima cultura. Sí. Ya lo sabes. Podemos pasar todo el año peleando entre vecinos, pero para el doce de diciembre y las posadas somos una sola familia. ¿O qué tal para festejar la Independencia? ¿A poco no se pone suave? ¿Y el día de las madrecitas? Tú sabes que así es esto en el barrio. Y cuando hay partidos de fucho no existe nada que nos quite de la televisión.

Total que todos hicimos nuestras apuestas. El compadre Domingo apostó que las Chivas del Guadalajara ganarían con tres goles. Mi compadre Hugo, siempre dispuesto a cumplir con las apuestas, dijo que la victoria se la llevaría el Pachuca. ¿Pues cómo no? Ya les tocaba llegar a la final. Domingo estaba que se lo llevaba la chingada cuando el árbitro les robó el gol. Y la verdad es que sí fue un robo. Pero luego llegó la revancha: también le quitaron un gol al Pachuca. Buenísimo el partido. Uno de los mejores en la historia. Todo indicaba que el partido se lo llevarían las Chivas rayadas. Directo a la final. Faltaban diez minutos.

Mi compadre Domingo, que siempre se ha distinguido por avorazado, arribista, abusivo y vengativo, estaba convencido de que las Chivas llegarían a la final. Además estaba bien borracho. Antes de que terminara el juego mi compadre Hugo y un servidor nos dirigimos a la cocina por unas cervezas, entonces mi compadre Domingo nos interceptó para hacerle otra propuesta a Hugo. Todo a su conveniencia.

—Compadre, ya no tengo dinero. Te acabo de apostar los últimos cuatro mil pesos que me quedaban. Pero, ¿qué te parece si te apuesto a mi vieja? Así es, mi queridísimo compadre. Mi gran amigo de toda la vida —le decía y lo abrazaba—. ¡Qué digo! ¡Mi hermano! Si gana el Pachuca tú tendrás el privilegio de gozar toda una noche con mi esposa. Pero… si ganan las Chivas, yo me quedo con tu carro.

O sea que, planeaba quedarse con los cuarenta mil pesos que se habían juntado entre todos, y para rematar, el carro de mi compadre. Nada pendejo el borracho.

—¡A chinga! ¿Y eso por qué? —respondió Hugo.

—Pues porque ya te gané una vez. Ya me acosté con mi comadre Verónica —lo repito con todo respeto. No vayas a creer que ando de levanta falsos. A mí no me consta. Eso fue lo que dijo Domingo—. Ya no tiene caso. Hay que cambiar las apuestas. Llevas la de ganar. Para ti sería algo nuevo. Si yo gano, no gano nada nuevo. No nos hagamos. Es como si te apostara la televisión que me ganaste el mes pasado. Eso ya es historia, compadre.

—¿Qué pasó, compadre? No me digas que estás comparando a mi mujer con un televisor.

—No te ofendas, compadrito. Bien sabes que tú para mí eres como un hermano. Pero comprende que una apuesta es una apuesta. Siempre lo hemos hecho de esta manera.

Y en eso, el compadre tenía razón. Así lo habíamos pactado. Pero la verdad Hugo no tenía muchas ganas de apostar. El partido ya estaba por terminar. Y así como andaban las cosas se iba a quedar sin carro y sin dinero. Como quiera Domingo, le insistió.

—¡Por eso, compadre! A las mujeres ya las apostamos.

—Pero tú no ganaste. Te estoy dando una nueva oportunidad.

Y para qué negarlo, Hugo también estaba borracho, y de pronto y sin pensarlo le dijo al compadre que sí. Yo no lo podía creer. Las posibilidades de que ganara eran remotas. Pero ya no había de otra. Para entonces era demasiado tarde para echarse para atrás. Como siempre sellaron el pacto con un choque de botellas, un apretón de manos y un abrazo. En cuanto regresamos a la sala ocurrió lo menos esperado, eso que nadie imaginaba: anotó el Pachuca. Sí. En el último minuto. El portero salió con todo su coraje de la portería y animó a su equipo. Qué digo, los enardeció, los obligó a que lucharan con todo. Anotaron de cabecita. Un gol de primera línea. Toda una maravilla. ¡Qué gol! El compadre estaba que se lo cargaba la chingada. Primero no supo qué decir. Luego golpeó el televisor. Más tarde se emborrachó. Perdió el control. Comenzó a decir idioteces. Al llegar la noche muchos invitados ya se habían retirado. Sólo nos quedamos unos cuantos. El compadre se quedó tirado en el sofá. Los demás seguimos bebiendo, como siempre. Y como dice el dicho: ¿A quién le dan pan que llore?

De pronto mi compadre Hugo y mi comadre Rosaura se desaparecieron. Para todos los presentes era claro que estaban saldando cuentas mientras Domingo roncaba como león en el sofá. La verdad todos nos estábamos burlando. A fin de cuentas él empezó. Él anduvo de ofrecido. La comadre y Hugo estuvieron en la recámara teniendo sexo en la cama del compadre.

Dos horas más tarde despertó el compadre. Se puso de pie como un loco. Sólo alcanzamos a escuchar que dijo: «¡Rosaura!» Subió corriendo por las escaleras y entró a la recámara. Todos lo seguimos. Entonces ya se estaban golpeando el uno al otro. Fue muy difícil separarlos. La comadre Rosaura estaba en el piso llorando sin ropa. Domingo gritaba:

—¡Hijo de tu madre te vas a morir! ¡Y tú también pinche puta!

—¡Cállate, cabrón! Para acostarte con mi esposa no dijiste nada, ¿verdad? —respondió Hugo.

De pronto Rosaura hizo una cara de asombro, se puso de pie y caminó frente a Domingo:

—¡Te acostaste con Verónica, hijo de tu madre! —insisto: a mí no me consta, sólo repito lo que oí.

La discusión entre ellos siguió mientras los demás nos salíamos. Pasaron algunos días en los que no se hablaron. Pero Domingo se quedó con su rencor y cada vez que veía a Hugo en la calle lo amenazaba de muerte.

Hasta que se lo cumplió, comadre. Hace tres días estábamos aquí afuera, en la puerta de tu casa y sin decir nada, Domingo cruzó la calle, sacó una pistola y comenzó a disparar. Hugo recibió un disparo en la pierna. Jorge y Luis se le fueron encima para quitarle el arma. Domingo dijo que ya era suficiente, cruzo la calle y se metió a su casa. Hugo pidió que no llamáramos a las autoridades. Se puso de pie y se dirigió cojeando para su casa. Luego, al ver que el sangrado no paraba, decidimos marcar a los paramédicos del EAP. Cuando nos preguntaron cuál era la emergencia sólo dijimos que teníamos un herido.

Mi compadre Domingo se había quedado en su casa con unos amigos de la otra colonia. Pronto llegaron los paramédicos y subieron a Hugo a la ambulancia. De pronto vimos que Domingo y sus cuates se subieron al carro y fueron detrás de la ambulancia.

Jorge tuvo un presentimiento y nos dijo que los siguiéramos. La verdad esto parece sacado de una película, pero es verdad. Así es esta ciudad. Sólo hay que leer los periódicos. Total que nos subimos al carro y los perseguimos. De lejos alcanzamos a ver que detuvieron la ambulancia, se subieron y la secuestraron. Luis pensó en bajar del carro, pero

Jorge se lo impidió: nos recordó que ellos iban armados y nosotros no; dijo que sería mejor seguirlos y llamar a la policía. Estuvimos marcando pero nadie respondía. Ya sabes, comadre, que cuando más los necesitas es cuando menos aparecen.

Se llevaron la ambulancia hasta el aeropuerto y en una de esas calles vacías se detuvieron. De veras, comadre, si por nosotros hubiera sido, habríamos impedido que mataran a tu esposo. Pero no había forma. Llamamos a las autoridades pero no contestaron. Sólo nos quedó ser testigos de cómo mataron al compadre. Estábamos a dos cuadras de distancia. Apagamos el carro y nos quedamos viendo. Abrieron las dos puertas de la parte de atrás de la ambulancia y bajaron al compadre del carro camilla jalándolo de los pies. Lo arrastraron por el piso y le dieron varios tiros. Luego vimos cómo golpearon a los paramédicos. Los patearon, les dieron de puñetazos, les escupieron. Por un momento pensamos que los iban a matar. Domingo estaba irreconocible. Volvimos a casa lo más pronto posible. Afortunadamente llegamos antes que ellos. Supongo que hicieron tiempo para que las cosas se enfriaran. O no sé. Después vimos que en la televisión anunciaban un crimen totalmente diferente. Reportaron que a Hugo lo habían matado en la ambulancia. Y que quizá se trataba de un ajuste de cuentas relacionado con drogas. O quién sabe qué.

El asunto, comadre, es que cuando las autoridades vinieron a interrogarnos, todos dijimos que no sabíamos nada, ahora, te recomiendo que digas lo mismo cuando te llamen a declarar. Ya sabes cómo es todo eso. ¿Para qué le buscas seis pies al gato? ◆

22

LA CAJA DE SORPRESAS

Un viejo amigo me dijo alguna vez, cuando yo aún era un joven de quince años, que en el amor no había garantías, que tuviera cuidado, que el día que encontrara el amor conocería el verdadero motivo del llanto. No le creí. Lo ignoré. Luego, ese hombre de cincuenta años que sabiamente me regalaba un consejo desapareció de mi vida. Dicen que cuando una puerta se cierra, otra se abre en ese momento. Y no nada más una, se abren muchas. No me di cuenta. No lo noté. Estaba enamorado. De la noche a la mañana perdí el control de mí. Todo fue… inefable. Sí. Así fue: inefable.

Poco después, esa mujer indescriptible se convirtió en mi esposa, a la que amé y seguiré amando. Conocimos la felicidad y nos la acabamos en un santiamén. De pronto, no tengo idea qué ocurrió, pero tenía cambios de personalidad incomprensibles:

de la nada volvía a ser la mujer que tanto amaba y me pedía que no dijera nada y que la abrazara y la besara y que la amara. Y al día siguiente por cualquier razón se enojaba. Y se convirtió en el cuento de nunca acabar: que ya me voy, que no me dejes, que te extraño, que te odio.

Dejó de tomar esas pastillas que la tranquilizaban. Jamás me dijo exactamente para qué servían. Las tiró todas. Y creo que también se deshizo de nuestros planes y sueños, porque nunca más volvimos a platicar de comprar una casa, ni de tener hijos, ni de viajar, ni de nada. A partir de entonces comenzamos a pelear todos los días. Que si dejaste la puerta abierta, que mira nada más donde pones tu ropa, que ven para acá, que no me digas eso, que cállate, que no es posible que seas así, que ya me tienes harta, que ya no te soporto, que no sé por qué me casé contigo, que esto y que lo otro. Se convirtió en el cuento de nunca acabar. Me insultó y la insulté. Y sin darme cuenta la pasión se nos fue de las manos, también las ganas de estar juntos. Ninguno de los dos dio su brazo a torcer. El departamento se convirtió en un campo de batalla. Pasamos noches eternas hablando y peleando.

Hasta que por fin un día hablé con mi suegro, le comenté los hechos y me miró con asombro.

—Yo pensé que sabías lo de su terrible mal.

Sonreí con ironía:

—¿Qué mal, qué le ocurre?

—Ella sufre de esquizofrenia —tras conversar por varias horas comprendimos que todo había sido un mal entendido y que todos habíamos caído en conclusiones equivocas.

Volví a casa con el medicamento en la mano. Ella me vio; comenzó a gritar como si la estuviera golpeando, salió corriendo del departamento, tocó la puerta del vecino y se metió en cuanto éste le abrió. Al día siguiente me pidieron que desalojara el departamento. Y así se nos fueron cinco años, brincando de departamento en departamento, siempre buscando un lugar donde la gente no anduviera de metiche, donde no me juzgaran de abusivo, de mal esposo. Nunca faltó la vecina que me gritara en la entrada del edificio, ni el idiota que quisiera golpearme en la calle para defender a mi esposa que gritaba pidiendo auxilio.

Me cansé de darles explicaciones a los vecinos. Con el tiempo tuve que tomar precauciones. No había de otra. Le prohibí salir del departamento. Me golpeó infinidad de veces, sí, siempre que tenía que tomar su medicamento era la misma historia. Nos quedamos sin televisor, sin radio, sin microondas, sin teléfono, sin computadora, todo lo que encontraba lo destruía. Un día pintó con lápiz labial en una pared la palabra «Auxilio». En otra ocasión aventó por la ventana papeles que decían: «Me quieren matar». Y nuevamente tuve que dar la cara con las autoridades y pasar por el mismo proceso. Por suerte tenía documentos que avalaban su condición. En otra ocasión se cortó las venas. Se me agotó la paciencia: La encadené. Fue algo muy difícil. No estoy orgulloso de eso, para nada. ¿A quién le gusta ver a su esposa encadenada en la recámara? Sufrí inmensamente. Me dolía verla en ese estado. Luego tomé otra decisión: la desencadené, le abrí la puerta y le dije que era libre de hacer lo que ella quisiera. Mi sorpresa fue que no quiso irse. Me pidió que no la abandonara. Prometió que se tomaría el medicamento, cosa que hizo un par de días para luego volver a la misma historia de siempre. La llevé en muchas ocasiones a casa de sus padres y al anochecer volvía. Lloraba por quedarse. ¿Y qué se supone que debía hacer? ¿Dejarla en la calle a las tres de la madrugada? Era mi esposa, no podía dejarla ahí.

Señor director. Ya le expliqué mi caso. Ya le mostré los expedientes. Ahora le pido de la manera más atenta que se retracte de la nota que publicó en su periódico hace algunos días. Usted sabe de lo que estoy hablando. Mi jefe, mis compañeros de trabajo, mis amigos, mis clientes y mi familia no dejan de hablar de la noticia que salió en la primera plana de *La Nota Roja*. Necesito que se retracten. Necesito que publiquen que todo fue un mal entendido y que todo ha sido comprobado. Yo no maté a mi esposa. Yo no la aventé por la ventana. Ella se mató. Dígame, entonces, ¿cómo es que salí de la cárcel al día siguiente? Muy fácil, me arrestaron mientras se hacía el peritaje. No soy un asesino y no quiero que mi reputación se vea afectada por una nota mal fundada. Espero de usted la mejor de las respuestas. ◆

23

LOS CAPRICHOS
DE LA LEY

Me pasé muchos años defendiendo mi inocencia y al final del camino decidí aceptar el delito que se me imputó por más de cuarenta y ocho años. Cuando uno se dice inocente nadie le cree y cuando por fin se resigna a aceptar el crimen, resulta todo lo contrario. Tengo treinta y cuatro años. Tenía veintidós cuando me arrestaron, cuando perdí mi libertad, cuando dejé de ver a mi jefita, cuando guardé en el recuerdo las fotos de mi cuidad, de mis amigos, de mi novia, cuando todo en mi vida era perfecto.

Ni tiempo me dieron de despedirme de mi jefita. Yo soy culpable porque el juez me sentenció sin más pruebas que mi confesión, a base de torturas, golpes, toques eléctricos, tehuacanazos, metidas de cabeza en el inodoro. Cualquiera que valora su vida, se confiesa culpable. Cuando me di cuenta ya me estaban dictando auto de formal prisión. Ya después me asignaron un abogado que también me dijo que si aceptaba mi crimen sería mejor para mí y para mi jefita, pero, pos cómo, si yo no hice nada, le decía. Y nadie me creyó, verdad de Dios. El juez decía que todas las pruebas estaban en mi contra y que no había de otra, que confesara la verdad. «Pos ésa es la verdad», le decía, «A mí me hicieron firmar el papel; yo no quería». Luego él se reía y contestaba: «Sí, claro. Todos dicen lo mismo».

Y pos nunca quisieron creerme. Me llevaron a La Grande, con los delincuentes más cabrones. Y luego-luego llegando me empezaron a tratar mal: «Tú muévete pa' acá, tú párate allí, tú quítate la ropa, tú pon tus huellas aquí». Yo nomás me preguntaba que si ellos eran así, cómo sería adentro, con los reos y los comandantes y quién sabe qué tantas cosas. El día que entré al penal, fue el más largo y triste de mi vida. Comencé a sentir terror por mi futuro. Más tarde nos formaron a todos los reos de nuevo ingreso y no faltó quien dijera: «Biscochito, hoy cena Pancho, qué tienes ahí, qué traes.»

Llegar a la cárcel es lo más triste del mundo, y mucho más cuando uno es inocente. Se sufre en todo momento, física y moralmente. Desde el primer día en que le quitan a uno la ropa y le dan ese uniforme viejo y mal oliente. Luego al entrar a mi celda no faltó el que preguntó por qué había llegado y cuánto me iba a quedar. Yo nomás respondía que era inocente y que no sabía cuánto tiempo. Pa' luego todos se enteraron que me habían acusado de violación y de asesinato. Con el tiempo me enteré que era obvio pues el cuartel, como le llamaban donde estábamos, era de puros asesinos y violadores.

Como todos tuve que aprender a defenderme para proteger mi dignidad y mi estado de varón; también a comer lo que había, a pagar por los beneficios, a trabajar, a tolerar los castigos, y a soportar «el carcelazo», que quiere decir la depresión de la soledad y la pena de no ver a los que uno quiere, de no poder hacer lo que uno hacía en las calles.

Dicen que las cárceles se hicieron para corregir a los criminales; pero la verdad es otra: uno sale con más resentimiento, enojado, con ganas de cometer más crímenes. En doce años fui testigo de un montón de presos que tardaban más en salir que en regresar. Ya ni les importaba. Al principio, yo no podía entender por qué insistían en regresar, pos pa' ellos todo eso parecía un juego. Con los años los comprendí y más tarde me hice de la misma opinión.

La corrupción es igual ahí adentro que afuera, pero más cruda. Ahí sólo sudan los que no tienen para pagar. Los que no tienen dinero deben aguantar los castigos. O si no cargar con los de otros. Todo tiene un precio: la comida, los cigarros, el agua para bañarnos, hasta el derecho de estar tranquilo. Esa tranquilidad que uno se gana con el paso del tiempo. Entre más viejo mejor lo tratan a uno. Y véame, me cayeron los años encima. Aprendí una profesión y me hice bueno en la herrería. Pero, ¿de qué me sirve saber tanto?

Ahora que la vida no me daba grandes ofertas, apareció de la nada un, dizque, responsable de mi desgracia. Se confesó culpable de todos sus crímenes, y sin más ni menos, se abrieron las puertas de esa cárcel que fue testigo de mi llanto y de mi ira, y de ese nuevo criminal que se formó en este penal a fuerza de golpes, que tuvo que aprender a defenderse para sobrevivir. Ahora que me encuentro más podrido que nunca, justo cuando no me sirve de nada, me dejan en libertad. «Ya estoy mejor aquí», le dije al juez el día que firmó el acta que me otorgaba esa libertad que ya no me interesa mucho, «permítame acabar mis años aquí».

«Lo siento mucho, Ramón, pero así son las leyes», me dijo. Y así de la noche a la mañana estaba nuevamente en la calles, libre, pero con más resentimientos que nunca, con más canas y arrugas que cualquiera de mi edad, con la pena de no poder volver a casa con mi jefita, Justina, mi santa madre que Dios la tenga en su Santa Gloria, que murió de tristeza sin mi compañía. Supe de su muerte porque esa tarde comencé a sentir un dolor en el pecho, unas ganas de vomitar y una pena que me decía que ella estaba mal. Y esa noche la vi en mis sueños, la encontré feliz; me dijo que estaba orgullosa de mí, de su hijo, de su Ramoncito que no era un criminal. Le respondí que sí, que la cárcel había hecho de su hijo un hombre malo y resentido. Pero ella no quiso escucharme más, dijo que eso a ella no le importaba. Y al día siguiente me avisaron que había muerto. Ya no tenía caso ir a su sepelio.

Cuando salí me preguntaron si tenía familiares. Les dije que no. «¿Algún conocido?», insistieron. Y en ese momento me acordé de Dianita. Poco. Tantos años. Sabrá Dios qué fue de ella. Ya no recuerdo su rostro, no sé por qué. Sólo me acuerdo que ese día, el día que mataron a Lola, su jefita de la Dianita, y a sus patrones, planeábamos ir al cine. Mi jefita me planchó la ropa mientras me bañaba. Luego me despedí de ella con un beso. «Que te vaya bien, Ramoncito», me dijo con harto cariño.

Y luego en la calle apareció un hijo de su puta madre, Gustavo Hernández, un pendejo de la primaria al que todos en la escuela humillábamos. Humillaciones que en realidad no tenían comparación con las que existen en la cárcel. Quién sabe qué le pasó que se quedó con esa bilis que lo llevó a convertirse en policía y luego a buscar venganza. Llegó en su patrulla, bien altanero; me acusó de quién sabe qué tantas cosas y me subió al carro; me llevó a un callejón y me dio una golpiza; para finalizar me amenazó con desquitarse con las personas que yo amaba. Luego-luego pensé en mi jefita, en Dianita y en Lola, su jefita.

Fui, todo bañado en sangre, lo más pronto posible a la casa de los Eguiarreta para avisarles que tuvieran cuidado. Pero la sorpresa fue que al llegar ya los había matado. El único sobreviviente fue el hijo de los Eguiarreta, quien me acusó de haber matado a sus padres. Bien recuerdo que en cuanto me vio se levantó del piso y comenzó a gritar como loco: «¡Asesino, deténganlo, mató a mis padres, deténganlo!» Yo estaba bien asustado. Pensé en mi jefita. Salí corriendo y fui a mi casa. No pude contarle la verdad. Sólo le pedí que tuviera confianza en mí. Todavía me lavó mi camisa y me abrazó. «Yo te voy a proteger siempre, Ramoncito».

Y ya ve. Estuve desde el noventa y ocho en la cárcel. Ahora no tengo a dónde ir ni dónde trabajar. La libertad no me sirve, no sé qué hacer con ella, me asfixia, me incomoda, me pone de malas, me entristece, me duele. Nadie me quiere rentar un cuarto, nadie me quiere dar trabajo. En la calle tengo menos que en la cárcel. Ahora me encuentro más solo que antes. En las crujías tengo más amigos y más cosas que hacer. Tengo más paz y menos problemas. Gozo de un techo y no me preocupo por lo que voy a comer el día siguiente. Por eso decidí hacer esto. No le pido que me perdone porque no lo merezco, no le pido que tenga compasión de mí porque ya no me sirve de nada, la vida no la tuvo conmigo. Si me robo cualquier porquería me darán uno o dos años de cárcel; en cambio con esto que voy a hacer me darán cadena perpetua. Lo siento, no tengo de otra, ya es demasiado tarde para la buena voluntad. ◆

24

LIBRE MERCADO

Ay, pinche Ramoncito. Te tardaste más en salir que en volver. Mira que tienes buena puntería. De un solo tiro te echaste a este cabrón. ¿Pues qué de plano no te gustó la libertad? Nomás era cosa de aguantar un poco más. Todos se acostumbran tarde o temprano.

No, no me salgas con eso. Cómo que aquí te quieres quedar. No mames. No digas pendejadas. Yo, como tu abogado, te voy a decir lo que vamos a hacer. Vas a salir pronto. ¿Y sabes por qué? Porque te fusilaste a un secuestrador. Así como lo oyes, mi Ramoncito. Yo sí te creo eso que me acabas de contar. No me queda duda que ni sabías quién era el pelado ese. Tengo la certeza de que te fuiste con el primero que te gustó pa' difunto. Pero no eras el único. Tenía una cola muy larga y un escondite muy bueno.

Te voy a decir cómo trabajaba este cabrón. ¿Sabes lo que es Mercado Libre? No, ¿verdad? Pues cómo vas a saber. Pues resulta que el muy hijo de puta ponía anuncios en internet en los que ofrecía autos de lujos a precio de ganga. Suburban 2005, 100 mil pesos. Jaguar 2007, 150 mil pesos. BMW, 2009, 200 mil pesos. Y unas fotos, que no mames. Alta definición, muestra de interiores nítida, el auto brilloso. Nada más le faltaba la chica en bikini. Si tenías el dinero en la mano, te temblaban los dedos para que no te ganaran la oferta. Lo más lógico sería que el vendedor pusiera su número de teléfono. Pero este tipo de anuncios ni madres que publican teléfonos. En cambio dejan un recado: *Para una pronta respuesta mándame un mensaje a mi correo electrónico.* Cualquier pinche nombre: lanita-arroba-techingo-punto-com. ¿Que qué es eso? Pues sí, ¿verdad? Yo aquí hablando como loco y se me olvida que tienes media vida encerrado en el tambo. Pues son direcciones de correo que llegan a tu computadora. Mejor luego te explico.

El asunto está en que la gente les manda correos insistentes: *Oye, me interesa tu carro, no lo vendas, yo tengo el dinero.* Y estos cabrones les responden con toda tranquilidad: *Claro, dame tu teléfono y tu dirección y te llevo el carro para que lo veas.* O con el teléfono les basta. Así que les ofrecen trasladar el auto a algún lugar de su dominio. La mayoría de los imbéciles llegan con el dinero en efectivo. *¿Cómo ves el carro? ¿Te gusta? ¿Quieres manejarlo?* La codicia se paga con altos intereses. *Sí, me encanta el carro, aquí traigo el dinero.* Y si bien les va, los asaltan y san se acabó. Órale, a chingar a su madre. Los botan en cualquier calle, sin dinero, sin cartera y sin teléfono. Pero ay de aquellos que llegan sin la lana. Secuestro exprés, Ramoncito. La misma mecánica: un saludo, una sonrisa, ¿quieres probar el auto?, ¿tienes el dinero? ¿No? Pues ya te chingaste, saca la pistola, y llévatelo a dar unas treinta vueltas por la ciudad mientras se paga el secuestro. ¿Que no tienen el dinero? ¿Cómo que no? A huevo que lo tienen. De lo contrario no habría llegado como pedo a ver el auto. Ahí no tienen pérdida los secuestradores. Obvio que las páginas de internet no son responsables. Ellos ni en cuenta. Ni forma tienen de enterarse de las tranzas que se hacen con sus servicios. Y de saberlo les vale madre.

Hay secuestradores más pendejos que llaman a cualquier número y amenazan: *Tengo secuestrado a tu hermano.* Y hay gente más pendeja aún que se espanta y sale corriendo a pagar los tres mil o cinco mil pesos que les piden sin detenerse a pensar: *Ah, chinga, si yo ni tengo hermanos.* En cambio, esta modalidad de secuestro funciona la mayoría de las veces. Ya teniendo al pendejo encañonado en un auto de lujo con vidrios polarizados ni cómo dar con ellos. Con una llamada basta: *Tengo al pendejo de tu marido secuestrado. Quiero doscientos mil pesos hoy mismo.* Y con tantito que hable el imbécil, ya le bajaron los calzones a la esposa y a la madre y hasta a la abuela. En menos de seis horas ya tienen el dinero en sus manos.

A esto se dedicaba el tal Armando Alberto Aguilar, alias el triple A. Había como ochenta denuncias en contra de él. Con todos los datos posibles para meterlo al bote. ¿Pero sabes por qué no se lo chingaban? Porque él siempre tuvo lo que tú no: la nota. Dinero para los policías, para el abogado, para el juez, para el fiscal, para el diputado, para aquel y el otro.

Hazme caso, Ramoncito. Ni se te ocurra decir que ibas caminando en la calle, te encontraste a este cabrón, viste que llevaba un arma en la cintura, lo agarraste descuidado, se la quitaste y lo mataste. Porque ni yo te lo creería. Claro, si no te conociera. Yo como tu abogado, te recomiendo que digas que el cabrón te confundió con alguien más. Alegaremos que pensaba secuestrar a otra persona, se equivocó, te subió a la camioneta, te amenazó con la pistola, se la quistaste, te bajaste, intentaste huir, forcejearon, te defendiste y lo mataste en defensa propia. ◆

25

EL PRINCIPIO
DEL DUELO

Lo que voy a hacer no tiene perdón de Dios. Perdóname. Con esto pago mi entrada al infierno. Con esto doy inicio a un duelo que, bien sé, me llevará a la tumba. Sí. Sí. Acaríciame. Toca mi piel. Acaríciame. Perdóname, chiquito. Bésame. Siente mi cuerpo, mi calor. Déjame respirar tu olor. Lo siento, mi amor. Lo siento mucho. Perdóname. Te voy a llevar en mi pensamiento día tras día. En todo momento y en todo lugar. Sé que cada mañana preguntaré por ti. Sé que el día de mi muerte gritaré, rogaré porque me perdones aunque no sepa ni tu nombre. Perdóname el no haber hecho siquiera eso. Pero sé que alguien lo hará y te dará la felicidad que yo no podré darte jamás. Ya desde este momento estoy pagando mi pecado. Pero no puedo. No me puedo quedar contigo. Lo siento mucho. Que Dios me hunda en el infierno. Como tú, yo jamás supe quién fue mi padre. Y eso no te conviene, te lo aseguro. Así, acaríciame, despacio, con esos dedos pequeñitos, toca mi piel, siéntete parte de mí pues eso eres. Perdóname. Déjame escuchar tu corazón. Déjame llorar contigo en ésta, nuestra última noche. Acaríciame y olvida mi aroma. Tócame porque jamás nos volveremos a ver. Lo siento mucho, pero yo no puedo cuidarte. No puedo ser tu madre. No podría verte a los ojos. No podría acariciarte, porque bien sé que crecerás y poco a poco tu rostro irá cambiando, madurará, y en tus rasgos se formará el rostro de aquel miserable que me violó. Ese maldito Alfonso Eguiarreta que una noche me confesó su vil verdad. Lo siento pequeño. Tengo nueve meses con este dolor, con esta pena. He deambulado por toda la ciudad mendigando, pidiendo auxilio y nadie, nadie me escucha. Ya no puedo ocultarlo, no puedo, no puedo. Lo odio, lo odio como jamás imaginé. No puedo tenerte conmigo. La vida se me acabó. Ya no tengo salida. No quiero… ni puedo ser tu madre… porque de ser así… un día preguntarás por él… y no podré responder, no seré capaz de confesarte los hechos, no tendré fuerzas para recordar, no querré, no podré amarte, porque sé que un día serás un hombre y tu cara me amargará la vida. Lo siento, mi amor, lo siento. No puedo borrar este rencor. De veras no puedo. Tengo nueve meses llorando, nueve meses con ese recuerdo en mi cabeza, nueve meses con el aroma de su sudor en mi piel, nueve meses sintiendo su repugnante penetración en mi cuerpo, nueve miserables meses sintiendo esta insoportable angustia. Perdóname. Perdóname. Yo no tengo la culpa. De veras. Jamás le insinué algo. Yo estaba enamorada de Ramón. Y le había prometido que mi cuerpo jamás sería de nadie, más que de él. Yo le ofrendé mi virginidad, ésa que el miserable Alfonso Eguiarreta me arrebató, ésa que el maldito disfrutó en mi recámara. Yo no lo invité; él llegó y me dijo que deseaba platicar conmigo. Me contó su pinche historia. Luego me pidió que le diera un beso; yo me negué, pero él insistió. Le di una bofetada. Me golpeó. Me puso un trozo de sábana en la boca y me la enredó en la cabeza para que no pudiera gritar. Me arrancó la ropa, me hizo suya. Me violó. Me quitó la vida, me quitó las ganas de vivir. Cuando mi mamacita, en paz descanse, entró en la recámara comenzó a gritar y a golpearlo. Alfonso sacó una navaja y se la enterró una... y otra vez. Mató a tu abuela. Le arrancó la vida. Pocos minutos más tarde entró la señora Vizarrón. Ella amenazó con llamar a la policía, pero éste la interceptó. Discutieron por unos minutos en el pasillo de la casa hasta que luego llegó el señor Eguiarreta. Comenzaron a golpearse. Mientras tanto, yo me estaba quitando la sábana de la cabeza. Todo esto ocurrió muy rápido. Cuando me di cuenta ya los había matado a los dos. Estaba limpiando su navaja con un trapo. Quiso forzarme para que pusiera mi mano en el cuchillo. Me decía que lo matara. Gritaba: «¡No merezco vivir! ¡Mátame!» Luego lo vi tomar, con un trapo en la mano, un jarrón, y con éste se golpeó la nuca muchas veces hasta desmayarse. Hijo mío, yo lo vi todo. Yo fui testigo de ese crimen. Yo estuve allí. Yo sufrí todo, todo eso que jamás imaginé. Yo... yo huí en ese momento. Salí corriendo. Corrí sin destino hasta cansarme. Me perdí. Lloré inmensamente. Pocos días más tarde fui a buscar a Ramón, quería, necesitaba, me urgía estar con él, abrazarlo, sentir los brazos de ese que debió ser tu padre; no el desgraciado, miserable, hijo de puta, cabrón, Alfonso, asesino. Los vecinos me dijeron que Ramón estaba en la cárcel. Y también su mamacita, la que debió ser tu abuela, Justina. Ella estaba en la cárcel, acusada de complicidad. Para esos días la cabeza ya no me funcionaba. Me sentía como drogada, no sé, como si estuviera ausente del mundo. Perdí la noción del tiempo y de la vida. En este momento quiero imaginarte como un varón adulto, maduro, sabio. Te deseo lo mejor. Quiero pensar que en un futuro lograrás grandes cosas, quiero imaginar que serás un buen hombre, que no engendrarás los malos sentimientos de tu padre. Necesito que ignores tu procedencia. Es por tu bien, te lo aseguro. Deseo que seas muy, pero muy feliz. Hijo mío, perdona mi pecado, lo siento, no puedo tenerte conmigo. Hoy sólo quiero que encuentres una familia que pueda darte el amor que yo jamás podré darte. Perdóname. Deja que te envuelva en mi cuerpo por última ocasión, deja que te bese por última vez, déjame guardar tu sonrisa en mi recuerdo, deja que sonría por última vez, ya no me dejes llorar, pues esto duele, deja que me vaya, no llores chiquito, ríe, ríe mucho que así te quiero recordar, ríe que sólo así podré dejarte en este bote de basura. Sé que alguien te encontrará, porque he visto que al amanecer siempre llegan unos hombres buenos a buscar basura, y te llevará a un lugar bonito. Adiós. Y que Dios tenga misericordia de mi alma. ◆

26

EL MANICOMIO VIAL

¡Oye tú! ¡Sí! A ti te hablo. No te hagas el que no escucha, pues en este auto no hay nadie más. Te estoy hablando a ti. A ti que te crees dueño de la calle, que piensas que todo conductor debe arrodillarse ante ti. ¿Crees que no sé quién eres? Yo he sido testigo de todas tus cochinadas. Yo te vi ese día que te pasaste la luz roja. Tenías prisa por llegar a tu casa. ¿Crees que no me di cuenta? Ibas rebasando a todos los carros en tu camino. Según tú, eres muy educado. Haces alarde de esto en todo momento y en todo lugar. Presumes de haber estudiado en la universidad más reconocida del país, y de haber viajado a Estados Unidos para hacer tu maestría. Vistes de traje y predicas lo que no sabes llevar a cabo. ¿A quién quieres engañar? Yo sé quién eres. Copiabas en los exámenes y cuando sabías que no pasarías, pagabas a tus compañeros para que tomaran tus exámenes por ti. Estudiaste en esa universidad porque tu mamá era secretaria de ahí y gracias a ella te dieron beca del setenta por ciento. ¿Cuánto trabajó tu pobre madre para pagar tus colegiaturas y mira cómo le pagaste? Tu maestría la hiciste por internet porque no tenías ni visa ni dinero para viajar al otro lado.

Ya te dio miedo, ¿verdad? No. Esto no es una grabación. No busques ningún casete en el reproductor, esto no es una broma. No te confundas. Estoy en la bocina de tu radio y no soy la voz del locutor, ni un comercial barato de esos que tanto te gustan. No intentes salir corriendo del auto, pues mira que el circuito va lento pero fluido. Y no puedes dejar tu carro en este lugar. Imagina el caos. Esto no se hace. Maneja bien, con precaución. No te vayan a pegar, pues todavía debes el auto. Tres años carajo, es mucho dinero.

No intentes cambiar la frecuencia. Estoy en todas las estaciones. Podría decir que en cadena nacional, sólo para ti. Te digo una cosa. Me da gusto que tengas miedo, pues sólo así escuchas. Contigo no funciona eso de los consejos. Tu madre ya lo intentó muchas veces. Eres un cabeza hueca. No cambias. Siempre negociando con los policías. Corrupto. «Ándele, oficial, no sea malo, sólo tengo cincuenta pesos, déjeme ir, tengo prisa. Mi esposa está en cama». ¡Basura! Puras excusas. ¡Cobarde! Acepta tu responsabilidad. Te pasaste el alto. ¿Cuántas veces no lo has hecho? Y cuando un auto se detiene en el semáforo, ahí estás pitándole para que avance. «¡Muévete imbécil, que no tengo tu tiempo!», le gritas. ¿Quién te dijo que el mundo debe moverse a tu ritmo? ¿Crees que sólo tú tienes prisa? ¿Sabes para qué sirve esa pequeña palanca que tienes a tu mano izquierda? Es para encender las direccionales. Con eso le indicas al conductor que viene atrás de ti, que quieres dar vuelta o quieres cambiar de carril, pero eso tus neuronas no lo asimilan. Jamás las utilizas. Por el contrario, te le cierras al conductor que te pone las direccionales. No los dejas entrar, les haces imposible el cambio de carril. Por tu culpa muchas personas han sufrido accidentes o han tenido que seguirse derecho hasta la siguiente salida. Piensas que si lo dejas entrar te evitará llegar a tu destino. Te enoja que se metan en tu carril. Te molesta que manejen de acuerdo al límite de velocidad. Pero eso sí, tú sí puedes transitar en sentido contrario, pasarte la luz roja, dar vuelta cuando está prohibido, rebasar el límite de velocidad, cerrártele a los carros, dar vuelta izquierda o derecha desde un tercer carril. Pues cómo no. La calle es tuya. Todos le deben respeto al señor. Oh, gran dios de la vialidad, disculpe usted.

    Tampoco intentes apagar el radio. Eso no funcionará. Voy a seguir hablando. ¿A quién quieres impresionar con tu arenga de que estudiaste en quién sabe dónde? La educación se lleva a todas partes. La educación no es una corbata que te pones sólo para una junta de trabajo. La educación también se les presume a los peatones. Pero eso tú no lo entiendes. No te bastó con atropellar a un perro hace seis meses. Tú lo viste. Pero el pobre canino no sabía del reglamento vial. Discúlpalo, era un animal. Claro que no tanto como tú. Luego, diste el volantazo y le pegaste a un carro; te diste a la fuga. Creíste haberla librado. ¡Yo te vi! Y eso no te bastó. Seguiste igual. Pasó el tiempo y fuiste a dar a Insurgentes y Álvaro Obregón. Manejabas como loco. Te pasaste la luz roja, y nuevamente te molestaste al ver a un peatón cruzando la calle. Tenías prisa, admítelo. Y no te importó. Te lo llevaste de corbata. El pobre rebotó como pelota de vóleibol en el cofre, en el toldo y en la cajuela de tu auto, que aún no terminas de pagar. Te diste a la fuga. Pobre cieguito, lo dejaste moribundo en medio de la calle. Había muchas posibilidades de que sobreviviera, pero ni siquiera fuiste capaz de llamar una ambulancia. Pobre Leonardo.

Pero eso a ti te entra por un oído y te sale por el otro.

Sé que ya te impacientaste, que quieres llegar a tu casa, que ya te fastidió estar en el circuito por más de dos horas. Ni te imaginas qué ocurrió más adelante. Sé que piensas que todo esto se debe a un accidente. O quizá un problema con la vialidad. Nada que ver. Es tan sólo un carro descompuesto. Hay dos carriles totalmente libres, para que fluya el tránsito. Así es. A estas vialidades sólo hay que ponerles un triciclo para que se detengan. Aunque no lo creas, la mayoría de los conductores disminuye su velocidad para ver qué ocurre. Nada más. Y eso no es todo: más adelante hay un semáforo, pésimamente sincronizado, que le da a los miles de conductores que circulan por aquí la magnífica cantidad de cuarenta segundos de luz verde. Ahora, sé bien que te preguntas quién soy y de dónde vengo. Soy tu maleficio. Y te vengo a maldecir. Como castigo te multiplico. ◆

27

LAS MEMORIAS DE DON ELIGIO

> *¡Oh memoria, enemiga mortal de mi descanso!*
> MIGUEL DE CERVANTES SAAVEDRA

POR FIN OLVIDÓ que había olvidado. Murió. Dejó el tormento a un lado —o quizá, el tormento lo dejó a él a un lado—, dejó en el tintero el remordimiento, el dolor de no poder recordar el nombre de sus hijos, la pena de no saber dónde había quedado la combinación de la caja fuerte de sus evocaciones. La primera vez que Eligio Baeza y Nava llegó al límite de su memoria fue un día después de haber cumplido noventa y ocho años. Al amanecer todo parecía que ese día sería como todos los demás. En la catapulta de su agenda mental se encontraban cargadas las actividades de esa mañana. Encontró sus anteojos sobre el buró. Bostezó pausado; se peinó, con los dedos, las canas sobrevivientes por encima de los radares velludos de sus oídos. Se untó una pomada en las manos de acuerdo a las recomendaciones de Raquel:

—No lo olvides, Eligio —le dijo segura de que así evadiría los dolores de la artritis—. Te pones la pomada una vez en la mañana y otra en la noche. Tállate hasta que se te calienten las manos.

En su ropero encontró dos trajes de antaño, seis camisas, ocho corbatas, dos pares de zapatos y algunos suéteres. Pero no por ello, aquel guardarropa viejo se encontraba vacío; se complementaba de vestidos largos, chalinas, blusas, y más zapatos de la mujer que lo había acompañado por treinta y tres años, Raquel Mateos de Baeza. «¡Oh, Raquelita! Ya no te mortifiques, mujer».

—¡No me importa! —replicó con enfado—. No quiero que te vaya a dar una gripa. Llévate la bufanda.

—Está bien, como tú digas, mujer.

—¡Eligio! —gritó el perico que sólo sabía decir su nombre, pese a que Raquel pasaba horas enseñándole adjetivos y sustantivos que éste se rehusaba a repetir.

Como siempre, el desayuno ya estaba en la mesa: fruta, jugo, café, pan y dos huevos a la mexicana. «Qué rico te quedó», dijo al terminar. Se lavó los dientes, se despidió de Raquel con un beso y caminó a la salida. Al llegar a la puerta se detuvo con las llaves en las manos; la observó como jamás lo había hecho. Ocurrió lo más inesperado. El viejo Eligio, el más fuerte de todos sus amigos, el maestro en el ajedrez, el que no le temía a nada, el sabio, el conocedor del mundo, el cuenta-cuentos, el amigo de todos, el roble de acero, el inconfundible, el que sabía con exactitud el nombre de cada uno de los presidentes de la República, las capitales de todos los países, el viejo de los argumentos irrefutables, sintió que se le caía la cara de asombro. ¿Cómo dar la vuelta y preguntarle a su mujer a dónde se dirigía esa mañana?

—¿Te encuentras bien? —preguntó Raquel desde la cocina.

—Sí, mujer; ya me voy.

—¡Eligio! —gritó el perico.

Cerró la puerta a sus espaldas y caminó por la calle. Blanquita, la vecina escandalosa ya había iniciado su rutina de limpieza con la música a todo volumen. Los hijos de Anita, la vecina de la derecha salían apresurados. Matías, el borracho, se encontraba tirado en el piso. Eligio dudó en cuestionarle a Matías a dónde iba él todas las mañanas. ¿A trabajar? ¡No! Era sábado. «¿Hoy es sábado? ¿Quién fue el primer presidente de México?», se preguntó. «José Miguel Adaucto Fernández y Félix, mejor conocido como Guadalupe Victoria. Del 10 de octubre de 1824 al 1 de abril de 1829. ¿El segundo? Vicente Guerrero, del 1 de abril de 1829 hasta diciembre de ese mismo año. Murió fusilado en Villa de Cuilapan, Oaxaca, el 14 de febrero de 1831. ¿Quién gobernó de 1851 a 1853? Mariano Arista. Murió en 1855, de una enfermedad, a bordo del vapor inglés Tagus, a medio camino entre Portugal y Francia. ¿Quién fue la segunda esposa de Antonio López de Santa Anna? Dolores Tosta. ¿Quién soy yo? Eligio Baeza y Nava, hijo de Hipólito Cruz Baeza y González, y Martha Lucia Nava de Baeza. ¿Cuándo nací? En 1900. ¿A dónde voy?»

No supo qué responder.

Dejó escapar un vendaval de carcajadas irónicas. Y por primera vez en sus noventa y ocho años, dijo lo que tanto se rehusaba a admitir: «Eligio, ya estás viejo». Se frotó las manos, cerró los ojos. «Recuerda, Eligio, por amor de Dios, a dónde vas».

—Pues a jugar ajedrez, señor, ¿a dónde más? —respondió su amigo Cipriano—. Te digo, viejo, que ya estás anciano. Mira nada más, ya se te están olvidando las cosas.

—¡Viejos los cerros!

—Cómo pesan los años, viejo, mira cómo nos tienen: arrugados y acabados.

—¡Cállate! El envejecimiento está en la mente. Mírame, noventa y ocho años y aún sigo caminando por las calles. Cuántos hombres de mi edad conoces que hagan lo mismo. Pocos. ¿Y sabes por qué? Por una sola razón: les faltan ganas de vivir. Las arrugas no son más que la prueba de lo que uno ha acumulado en el camino, son un racimo de vivencias. El problema es que los viejos como tú se quejan mucho antes de morir, y con eso no hacen más que invocar a la muerte. Total, de este mundo no saldremos vivos. Tú fuiste testigo de la muerte de mi primera esposa, de todos mis hermanos, de tres de mis hijos y de todos nuestros amigos. Tú los viste quejarse de los dolores de todas esas enfermedades que tanto los acongojaban. De nada sirvió lamentarse, ya iban de salida. Tú estás joven, tienes ochenta años.

A paso seguro y pausado, llegaron a un establecimiento bautizado por Eligio como *El Café sin Tiempo*, donde ambos habían pasado los últimos años jugando ajedrez por horas. Cipriano acomodó las piezas mientras Eligio pidió dos tazas de café y pan dulce. Cipriano se acomodó los anteojos mientras su amigo amoldaba un cojín para sentarse. Lo cotidiano era permanecer callados por largos lapsos mientras analizaban su próxima jugada. Cipriano inició el juego. Eligio abrió espacio para sacar a su reina con la que frecuentemente ganaba. Cipriano sacó a su caballo. Eligio acomodó su alfil para acorralar al rey. Cipriano se protegió con su reina. Eligio debía sacar a la reina de la jugada, comerse al rey. Al rey. Al rey. ¿Quién era el rey? «¿Quién fue el rey que fundó la nueva España?» El primer tlatoani había sido Acamapichtli. Sí. Tenoch fue el fundador. Cuauhtémoc el último tlatoani. Carlos I de España y V de Alemania, hijo de los príncipes Felipe el Hermoso y Juana la Loca. ¿Por qué estaba loca?

—Eligio. Ya tienes cuarenta minutos sin jugar —dijo Cipriano.

—Sí. Disculpa —respondió y preguntó—: ¿Por qué estaba loca la madre del rey Carlos I?

—Yo qué sé, viejo. Tú eres el profesor de historia. Ya no te acuerdas, ¿verdad?

—Sólo estoy midiendo tu sabiduría. Se dice que en realidad nunca estuvo loca; sino que su esposo Felipe el Hermoso, cansado de los celos demenciales de su esposa, intentó destituirla del trono argumentando que Juana, hija de Isabel de Castilla y Fernando de Aragón, estaba totalmente loca.

—Jaque mate.

En otra ocasión, Eligio habría exigido la revancha. Pero por primera vez en su larga vida admitió que se sentía exhausto. «Buena jugada. Debo volver a casa». Cipriano notó en su mirada un exceso de cansancio.

—¿Te encuentras bien, viejo?

—Sí. Claro. Sólo que ayer no dormí bien. Creo que necesito descansar un poco.

Cipriano supo entonces que las horas de su entrañable amigo se deslizaban en un frágil reloj de arena.

—Te acompaño, amigo.

Eligio se sorprendió, pues Cipriano jamás se había dirigido a él de esa manera. Por primera vez había extrañado la palabra *viejo*.

—No te preocupes, viejo.

Cipriano se asombró aun más al escuchar que Eligio utilizaba ese adjetivo. Y sin más lo acompañó hasta la puerta de su casa. A diferencia de todos los años anteriores, ambos caminaron en silencio. Cipriano observó a su entrañable amigo mientras caminaba detenidamente, notó que su mirada derramaba una nostalgia irreconocible. Su viejo amigo, el que tanto vigor le había inyectado por años, se notaba ausente, acabado, anciano. «No te me vayas, viejo», pensó.

—¿Te quedas a comer? —preguntó Eligio al llegar a la puerta de su casa.

—No, viejo. Recuéstate un rato —respondió Cipriano.

—Mañana sí te gano.

Cipriano sonrió y asintió con los ojos. Esperó a que Eligio cerrara la puerta por dentro para dar media vuelta y caminar lentamente a la parroquia donde había trabajado más de la mitad de su vida. Sacó de su bolsillo un rosario italiano que su hija le había traído del Vaticano al terminar su noviciado y rezó por su amigo Eligio que en ese momento se encontraba con su amada Raquel.

—¡Eligio! —gritó el perico.

—Eligio. Qué sorpresa que regresaste tan pronto. ¿Acaso no llegó Cipriano?

—Sí. Se acaba de ir.

—¿Y por qué no entró a comer? ¿Se siente mal?

—No. ¿Cómo crees? Tuvo que atender unos asuntos en la parroquia.

—¿Compraste el pan que te pedí?

Eligio sintió que las tuercas de las rodillas le rechinaron de vergüenza. «El pan. ¿Cómo se me fue a olvidar», pensó.

—Mira nada más, qué cosas —justificó con una sonrisa—. Cipriano se lo llevó. Viejo tramposo. Deja lo alcanzó.

—No te preocupes. Comemos con tortillas.

La absolución de la culpa le dio a Eligio un aire de paz, pues cierto era que en ese momento más que nunca deseaba permanecer en casa, evadir responsabilidades, huir del tedio que le acongojaba, dormir, descansar, recuperar esa energía perdida, quién sabe dónde. «Sí. Necesito dormir. Eso. Mañana será otro día».

—¿Dormir? Son las doce del día. ¿Qué acaso no piensas leer, Eligio?

—Sí, mujer, al rato —respondió y caminó a su recámara—. Al rato.

Sin percatarse que Raquel lo había seguido, se sentó en el lado derecho de la cama —algo que nunca hacía pues era donde dormía su esposa—, se quitó los zapatos y los anteojos, y sin recostarse se quedó dormido. Raquel observó cómo Eligio sentado en la cama agachaba su cabeza hasta quedar totalmente jorobado y de pronto se enderezaba como una marioneta que pendía de un manojo de hilos. Luego de un par de cabeceos Raquel caminó hacia él y lo despertó para que se acostara.

—Eligio, acuéstate bien. Te quedaste dormido.

—Estoy bien —se quejó— sólo tenía los ojos cerrados.

Se quedó profundamente dormido, y a partir de esa tarde los hilos de su memoria comenzaron a enredarse, la aguja en su brújula comenzó a girar enloquecida, las manecillas en su reloj retrocedieron a pasos agigantados, las fotografías en sus evocaciones se revolvieron, y la lista de nombres y direcciones en el archivo de su cabeza se enmarañó.

Al amanecer despertó sin percatarse que tenía en los hombros el peso de noventa y ocho años. Raquel se encontraba ausente, como todos los domingos había ido a escuchar misa de siete. Por primera ocasión había asistido a la parroquia sin Eligio, que estaba en la recámara esperando el regreso de su difunta esposa.

—¿A dónde te fuiste, Alicia? —decía frente a su retrato. Luego abrió un par de cajas en busca de algunos utensilios escolares—. Ay, mujer, cuántas veces te he dicho que no guardes estos libros aquí, qué no ves que son los que uso para el trabajo —los desempolvó; los acomodó uno a uno cuidadosamente sobre el escritorio; y mientras escuchaba música de marimba preparó una lección de historia. De pronto escuchó que alguien abría la puerta de la entrada.

—¡Eligio, ya llegué! —dijo Raquel mientras acomodaba unas bolsas con verduras y frutas sobre la mesa de la cocina.

—¡Eligio! —gritó el perico.

El profesor de historia se asomó tras la puerta; al ver a Raquel se dio la vuelta y regresó a su estudio.

—¿Cómo les fue? —preguntó.

Raquel frunció el entrecejo y respondió en desconcierto:

—¡Bien! ¿Y tú, cómo estás?

—¡Ocupado! ¡Dile a los niños que no me molesten, voy a trabajar toda la tarde!

Raquel pensó que era una broma. «Los niños», dijo y sonrió. Ignoró lo ocurrido y comenzó a preparar la comida de ese día. Un par de horas más tarde fue a buscar a su esposo —que siempre que se encerraba en su estudio guardaba un gran silencio— y lo encontró totalmente dormido en el sofá con un libro en su regazo.

—Eligio —lo despertó—, ya está la comida.

—¡Raquelita!

El menú del día consistía en crema de zanahoria y ensalada con pechugas de pollo rellenas de champiñones. Después de la comida caminaron por las calles por una hora, como era su costumbre. El resto del día transcurrió sin contratiempos. Al caer la noche, cuando ambos estaban viendo un programa de televisión, Eligio se puso de pie y caminó hacia su recámara sin despedirse de Raquel y se acostó. Cayó fulminado sobre su almohada. De pronto, el General Porfirio Díaz se encontraba frente a él: le daba órdenes de preparar un nuevo golpe de estado contra Benito Juárez. «Ahora sí derrocaremos al presidente, mi general.»

Poco antes de las cinco de la mañana, Eligio despertó y sin espera se metió a la regadera. Raquel despertó al escuchar el gorgoteo del agua.

—¿Qué haces?

—Se me hace tarde.

Raquel no solía interrogarlo; se rascó la cabeza, hizo un gesto, se puso una bata, caminó a la cocina y preparó un desayuno ligero.

—¿Puedo preguntar a dónde vas a estas horas? —se atrevió a cuestionar al verlo tan apurado.

—¡Mujer! ¿Cómo se te fue a olvidar? Hoy empiezo a dar clases en la preparatoria.

—¿Clases?

—Te lo dije ayer.

—¿Ayer?

—Ya se te están olvidando las cosas, mujer.

La interrogante le quitó a Raquel el balance sobre la cuerda floja de su lucidez. Evitó discutir el tema en ese momento y optó por esperar un poco, quizá a que Eligio regresara, tal vez a que el sol saliera. Probablemente se debía a que no había dormido bien. ¡Pero sí había descansado de maravilla! ¿Qué era todo eso? No pudo decir palabra alguna al ver salir a su esposo por la puerta a las seis en punto como tantos años lo había visto. Eligio había salido a trabajar esa mañana. Eligio había ido a trabajar. Eligio tenía quince años de haberse jubilado.

El viejo profesor de historia llegó a la preparatoria un poco antes de las siete y saludó al conserje, quien se sorprendió de verlo tan apurado y tan sonriente.

—Don Eligio, qué milagro de tenerlo por aquí.

—Ya lo ve, el trabajo.

Llegó al fondo del pasillo y entró al último salón, el que había sido su lugar de trabajo por más de treinta años. Observó las paredes por un instante y no reconoció las bancas, el escritorio, ni la decoración. «Por fin hicieron algo por este pobre salón», dijo y puso su portafolio sobre el escritorio. Minutos más tarde los alumnos comenzaron a llegar. Lo ignoraron por un momento; luego lo observaron mientras escribía en el pizarrón.

—La historia de México la escriben ustedes —dijo sin presentarse—. De ustedes depende si quieren que cambie o que siga igual. Jovencito, cállese y ponga atención. Señorita, hágame el favor de tomar asiento. Mire a su alrededor. ¿Le gusta su ciudad?

La estudiante frunció el entrecejo y dejó escapar un gesto de indiferencia:

—Me da igual.

—No, señorita. No me respondió. ¿Le gusta su ciudad, sí o no?

Los demás alumnos endosaron un coro burlón hacia su compañera.

—¡No!

—¿Por qué?

—Porque está sucia y fea.

—¿Y qué piensa hacer?

—Pienso irme al extranjero.

Eligio movió su portafolio a un lado, se sentó sobre el escritorio y guardo silencio por un instante. Dejó que la joven terminara su frase; observó a su alrededor y liberó un breve suspiro:

—¿Qué harías si algún familiar muy querido estuviera en grave peligro?

—Lo ayudaría.

—Nada me daría más gusto que sintieras eso por tu país. Me gustaría presumir que mi forma de pensar se debe a mi edad, pero no es así. Siempre fui un inadaptado y quizá por eso pude analizar con más frialdad la naturaleza de mis vecinos, de mis amigos, de mis compañeros de trabajo, de mis compatriotas. Quizá por eso siempre observé las cosas desde arriba, desde otro ángulo. Tal vez esa sea la razón de mi soledad. Probablemente por eso me dediqué a estudiar la historia en la búsqueda de una repuesta. Creo que por eso indagué tanto en el pasado de nuestro país. Estudié la historia, la memoricé, la evalué y no la comprendí. Sigo sin entenderla. Tengo noventa y ocho años, estoy al borde de la muerte y guardo una pena irremediable de morir sin saber de qué me sirvió estudiarla tanto. ¿De qué sirvió enseñarles la historia a estudiantes como tú que sólo saben perder el tiempo viendo televisión, si no hacen nada más que quejarse y abandonar el barco? ¿De qué sirvió revelarles la verdad y arriesgar mi trabajo? De nada. No me salga con esa pregunta tan ignorante. ¿Cómo que de qué nos sirve la historia? La historia se les enseña para que no la repitan. Lo triste de todo es que para ustedes la historia es como la advertenciaque les da su madre: «No hagas eso porque te vas a lastimar». Y ahí van. Sólo hasta que tienen un accidente comprenden que eso no se hace. El problema es que con la patria no se debe actuar de esta manera. Y ahí vamos todos a repetir la historia una y otra vez. ¿Acaso necesitamos otros quinientos años para escarmentar? Ya basta. ¿Qué no es suficiente para ustedes con abrir los periódicos y encontrarse con malas noticias todos los días? Ojalá que no les toque llegar a los cien años y descubrir que su país no cambió en nada. No señorita. No argumente que la tecnología y la industria han sido el cambio. La historia es la misma, sólo cambian los factores y los autores. No me tache de pesimista, que tengo noventa y ocho años que respaldan mi experiencia. No joven no se deje engañar, la historia no es como se la han pintado. Deje de perder el tiempo en el fútbol, en la televisión y póngase a leer. La situación de un país no se arregla con culpar al gobierno ni con votar, que a fin de cuentas es lo mismo: al votar lo responsabilizan y se lavan las manos. El verdadero cambio está en nosotros, en estudiar la historia, aprenderla, comprenderla y no repetirla. A un país con cultura no se le engaña. Eso téngalo por seguro.

—Profesor Eligio, le puedo robar un minuto —interrumpió la prefecta.

Don Eligio asintió con la cabeza, tomó sus cosas, se despidió de la clase y salió con una sonrisa: «Sí, dígame».

—Usted sabe que en esta escuela le tenemos un gran respeto y cariño, pero la profesora de esta clase me mandó llamar y me dijo que no comprendía lo que estaba ocurriendo. Y para serle sincera yo tampoco sé qué está pasando.

—No se preocupe. No es nada. Sólo que me estoy muriendo… Y necesitaba dar una clase.

—¡Ay, Dios mío!

—Me estoy muriendo por dar clases nuevamente y no pude contener la ansiedad.

—Don Eligio, no me haga pasar esas mortificaciones, mire que yo pensé que… Bueno, ni para qué decirlo. No se preocupe. Yo no voy a decir nada. Ya sabe que aquí se le quiere mucho. ¿Cómo está doña Raquelita?

—Mejor que nunca. De hecho tengo que retirarme porque me está esperando.

—Llévele mis saludos.

Tras el inexplicable pretexto, Eligio salió de la escuela libre de compasión, un sentimiento que jamás había tolerado. Por lo mismo, en cuanto llegó a la calle buscó un banco y sacó una cantidad considerable de dinero. Más tarde se dirigió a una funeraria. Tuvo dificultad al entrar. Jamás se había imaginado en esa situación. Siempre había evadido pensar en eso, pues argumentaba que el planear un funeral invocaba a la muerte. Había entrado a infinidad de funerarias, pero no para tramitar su propio sepelio. El lugar se encontraba lleno de ataúdes. Levantó su bastón y con éste golpeó ligeramente un ataúd para llamar la atención de algún empleado. La encargada del lugar apareció rápidamente en la sala de espera. Lo atendió con dulzura y cordialidad excesiva. Eligio preguntó sin preámbulo por los costos.

—Nuestros servicios de cremación incluyen servicio de gestoría, ataúd, arreglo estético del cuerpo…

—Sí, ya lo sé. ¿Cuánto es?

—¿Para quién sería el servicio?

—Para mi esposa y para mí, señorita. ¿Cuánto va a ser por todo esto?

—Quince mil pesos por cada uno —respondió la encargada intentando proseguir con su perorata.

—No se diga más —don Eligio puso su portafolio sobre el escritorio y contó el dinero frente a la encargada que a partir de ese momento no encontró en su repertorio frase alguna que no denotara compasión. Se dedicó a llenar los documentos mientras don Eligio leía con inverosímil tranquilidad *Doña perfecta,* una novela de Benito Pérez Galdós.

—¿Me puede decir la fecha de su nacimiento? —preguntó la encargada que respondía por el nombre de Marisol.

—1900.

—Impresionante. Se ve usted mucho más joven.

—Lo sé. Muchos me dicen que me veo de treinta.

Marisol dejó escapar una risa inocente. Se sintió liberada. Hasta ese momento, jamás había conocido a alguien que se mostrara tan tranquilo en esos momentos.

—¿Le gustaría añadir algún epitafio?

—Sí: «No es por azar que nacemos en un sitio y no en otro, sino para dar testimonio» —respondió y sonrió—. Eliseo Diego, poeta cubano.

—Firme aquí, por favor.

Tras leer cautelosamente las cláusulas, estampó su firma y agregó verbalmente una frase del poeta Amado Nervo: «Amé, fui amado, el sol acarició mi faz. ¡Vida, nada me debes! ¡Vida, estamos en paz!»

Agradeció las atenciones de Marisol y salió con sus documentos en la mano. No quiso guardarlos en el portafolio pues tenía intenciones de dárselos a guardar a Cipriano en cuanto se encontrara con él en el *Café sin Tiempo*. Caminó un par de cuadras y se encontró con un restaurante italiano al que jamás había podido entrar debido a trivialidades. Frotó su billetera en la bolsa del saco y sonrió: «Ya no hay tiempo, Eligio», se dijo y entró al restaurante. Los meseros lo atendieron con respeto, le ofrecieron la mejor de las mesas y el mejor vino de la casa. Eligio platicó con ellos siempre que encontró oportunidad sobre la historia de la ciudad y sus gobernantes. «México era la ciudad de los palacios, elegantemente afrancesada llena de carretas por sus calles de piedra. En esos años llegaron las carcachas. Comenzó la época del danzón. El Zócalo era una plaza enorme con árboles y flores. Poco a poco se fueron creando monumentos por toda la cuidad. A mí me tocó ver cómo se construyó el Palacio de Bellas Artes y la Torre Latinoamericana. Yo caminaba por ahí todas las mañanas para ir a la escuela y años más tarde a trabajar».

Luego de unas horas regresó gustoso a casa. Saludó a Raquel con enorme alegría, le contó que había ido a la preparatoria en la mañana y que también había ido a comer a un restaurante italiano. De pronto sintió una preocupación. Algo se le había olvidado. Algo tenía que decirle a Raquel. Había algo muy importante que contarle. «¿Qué? ¿Qué es eso que se te ha olvidado, Eligio?»

—¿Qué te ocurre, Eligio? —preguntó Raquel.

—No sé, mujer. Siento que algo se me olvidó.

—¡Eligio! —gritó el perico.

—No te preocupes. Vete a descansar un rato —dijo Raquel mientras le peinaba con los dedos las canas a su esposo.

Esa misma noche despertó alterado. «Algo se me ha olvidado», dijo en voz baja y caminó a su estudio. Sacó una libreta y comenzó a escribir: «Yo nací en 1900. Tuve trece hermanos. Mañana cumpliré cuarenta y ocho años». De pronto se miró las manos y supo que la información era errónea. Por sus arrugas podía deducir que no tenía menos de cincuenta. Borró lo que había escrito cuidadoso de no maltratar el papel y permaneció en silencio. Luego comenzó a escribir: «La memoria ha comenzado a traicionarme, me está dejando en el olvido, se está comiendo mis recuerdos.» Suspiró profundamente. Intentó proseguir pero las manos le comenzaron a temblar.

—¡Eligio! —gritó el perico.

—Hola —dijo al acercarse al perico—. ¿Por qué nunca aprendiste a decir otra cosa? Repite: Pancho. Pancho. Así te llamas: Pancho. Creo que jamás te ha gustado tu nombre. No me mires de esa manera, yo no te puse ese calificativo. La culpable fue Raquel. ¿Cómo te llamas? Pancho.

—¡Eligio! —gritó el perico.

—Perico terco —dijo y se dio la vuelta.

El péndulo del reloj en la pared se columpiaba perezoso e indiferente mientras el viejo profesor de historia sentado frente a su escritorio organizaba, jerarquizaba y descartaba ideas para su libro de memorias. Por años había deseado aventurarse en el viaje de las evocaciones, pero cada que intentaba hacerlo aparecía el temor de perderse en el camino. «Para recordar hay que tener valor y para confesarse en un libro de memorias se necesita estar loco o tener un pie en la tumba», solía decirse a sí. Luego de varios apuntes y borrones dejó la hoja en blanco. Regresó a su recámara donde encontró a Raquel dormida.

«Raquelita», dijo y le besó la frente.

Se acostó, suspiró, cerró los ojos, meditó un rato y sin darse cuenta se quedó dormido. Viajó al pasado y confundió los personajes de la historia. Antonio López de Santa Anna era ahora el gran héroe de la independencia, Venustiano Carranza declaraba la guerra a los franceses, y Eulalio Gutiérrez se apoderaba del país, pero no por haber vencido en las encuestas, ni en los debates, ni con sus propuestas y promesas, ni mucho menos en las elecciones, sino tras haber organizado un golpe de estado. Luego ya en el poder daba su primer discurso:

«Veo, a partir de mañana, un país limpio, sin mugre en las calles, sin gente indiferente al dolor ajeno, sin pobreza, sin hambre, sin crímenes, sin vagabundos, sin jóvenes pintarrajeando las paredes, los veo conscientes de que cuidar sus calles cuesta trabajo y dinero, veo un país sin comercio informal, sin leyes congeladas, sin fraudes por doquier, sin políticos corruptos, sin Congreso, sin Senado, sin todas esas Secretarías, sin mediocridad burocrática, sin policías corruptos y abusivos, sin hambre, sin abusos, sin democracia, sin promesas políticas, sin debates, sin campañas interminables, sin farsas, sin elecciones. Sí. Porque nuestro país no sabe vivir en democracia, no sabe qué hacer con la libertad. No sabe defender lo que tiene. No lo ha podido hacer en casi doscientos años de independencia, y cien de revolución, una revolución financiada por el enemigo, que es en sí el país vecino. Nuestro país no puede vivir en democracia. Nuestros políticos no saben trabajar en comunión, trabajar sin mentiras, trabajar para su pueblo, trabajar por el simple gusto de trabajar. Esta nación ya no aguanta otro gobierno igual, lleno de hombres sedientos de protagonismo, nuestra nación necesita dejar a un lado el despilfarro en campañas electorales. A nuestra nación le urge un régimen militar. Sí. Así es. A partir de hoy el gobierno tendrá un régimen militar. De igual manera las escuelas primarias, secundarias, preparatorias y universidades públicas. También se le comunica a toda la población que las escuelas privadas serán a partir de hoy propiedad del gobierno. Además, a todos los niños, adolescentes y adultos que se les encuentre mendigando serán reclutados al Ejército Nacional. A partir de hoy se aplicará la pena capital a todos aquellos criminales que sean encontrados culpables por asesinato, violación, secuestro, y traición a la nación. De la misma forma nacionalizáremos la banca y la industria agropecuaria. Aplicaremos políticas proteccionistas. Emplearemos leyes estrictas. Y cada vez que sea necesario utilizaremos la fuerza de las armas. Controlaremos a la prensa, ya no habrá burla ni parodia contra el gobierno. Este país no será jamás mangoneado por ningún pelele ni por diputados de pacotilla. Ahora nuestra nación será gobernada por el ejército. Haremos ejercer las leyes. Lograremos que se respeten. Alcanzaremos una economía creciente y saludable. Y eso es una garantía.»

Despertó desesperado. Raquel se encontraba a un lado de él. «Ya pasó, Eligio.»

—Tuve una pesadilla aterradora —dijo Eligio—, la peor de todas: soñé con un político. Lo vi en mis sueños, lo vi derribar al gobierno, sentarse en la silla presidencial tras convocar a una rueda de prensa. Yo lo vi.

—Ya pasó, Eligio, todo fue una pesadilla.

—Sí. Ahí estaba frente a la prensa, ese hombre populista, corrupto, traficante de influencias, y futuro dictador hablando frente a las cámaras.

—No te preocupes; todo está bien.

—Lo vi sentado en la silla presidencial, dando órdenes a sus comandantes y generales. Los escuché marchar por todas las avenidas. Yo vi a esos soldados tomar la ciudad, pelear contra los que se oponían.

—Tranquilo. Descansa.

—Yo vi al nuevo presidente dar la orden de fusilamiento al ex presidente y a su gabinete. Poco a poco, cada uno de los diputados fue marchando a su última morada. Escuché cuando les preguntaron: «¿Te arrepientes de haber estafado a tu país?» Y respondían con terror: «Sí».

—Pues así quién no.

—Daban la orden: «¡Preparen! ¡Apunten! ¡Fuego! ¡Carguen armas! ¡Disparen! ¡Carguen armas! ¡Disparen!» Yo los vi morir a todos. Vi la sonrisa del presidente gozando de aquel fusilamiento masivo. Lo vi carcajeándose.

—Descansa.

No pudo dormir las horas siguientes. Para cuando el sol cruzó el horizonte, Eligio ya había tomado una decisión. Desayunó con su esposa y esperó ansioso la llegada de Cipriano. Salió de su casa antes de las ocho de la mañana. Su amigo lo saludó sin excederse en atenciones, sabía que a Eligio le molestaba.

—Viejo, necesito ayuda.

—¿A quién le dices *viejo*? —respondió Cipriano.

—A ti, viejo destartalado. Acompáñame a la casa de Juan Pablo Sánchez, el periodista.

—¿Y ahora a ti qué mosco te picó? Si mal no recuerdo, tú te habías enojado con ese pobre joven porque publicó una nota que consideraste injusta y prometiste no volver a dirigirle la palabra.

—¿Ya me habrá perdonado?

—A un viejo cascarrabias como tú, no creo.

—Pues nada pierdo con investigar. Y a fin de cuentas para algo se inventaron las disculpas.

—¡Camina despacio, viejo bilioso!

—No tengo tiempo, la memoria no espera.

—¿La qué?

—La memoria, viejo sordo.

—¿Cuál gordo?

—¿En qué calle vive Juan Pablo?

—En la que sigue, viejo desmemoriado.

Cipriano había dado sin saberlo en el talón de Aquiles de su amigo, que en ese momento se detuvo en medio de la calle sin decir palabra alguna. Un carro que intentaba cruzar la calle les tocó el claxon.

—Avanza, viejo, qué no ves que nos van a atropellar, y yo estoy muy joven para morir sin haber amado.

—Estoy perdiendo la memoria, Cipriano.

—Lo sé, amigo.

—Estoy haciendo cosas que hace años dejé. Ayer me fui a dar clases a la preparatoria. No recuerdo cómo llegué ahí. Cuando recuperé el piso, ya estaba hablando con un grupo de alumnos. La prefecta tuvo que sacarme del aula. Luego recuerdo que fui a comer a un restaurante y que tenía que decirte algo. Sé que hice algo muy importante ayer, pero no logro recordar. Estoy seguro de que ayer perdí algo de extrema importancia. Estoy olvidando cosas básicas.

—La casa de Juan Pablo Sánchez es la de la esquina. Ve, yo te espero aquí —dijo Cipriano, señaló con su bastón y se sentó en una banca del pequeño parque que se encontraba frente a la casa del periodista.

Eligio cruzó la calle con paso lento y antes de llegar a la puerta volteó para ver a su amigo que lo observaba de lejos. Cipriano hizo señas con el bastón y sonrió. Tocó el timbre y esperó ansioso. Por un momento estuvo a punto de darse la vuelta y retirarse.

—Don Eligio, qué gusto verlo.

—El gusto es mío, muchacho. ¿Cómo estás?

—Bien. Pase. Ésta es su casa. Sabe usted, estuve pensando mucho lo que me dijo tantas veces y por fin seguí su consejo. Ya comencé a escribir mi primera novela. Estoy seguro que le va a gustar mucho. Pero dígame: ¿En qué le puedo servir?

—En mucho, Juan Pablo.

—A ver cuénteme.

Cuarenta minutos más tarde Eligio se despidió del periodista y regresó a casa con una sonrisa. Y justo antes de llegar recordó que su amigo seguía esperándolo. Caminó nuevamente hacia el parque y se encontró con que Cipriano se había quedado dormido en la banca.

—Viejo dormilón, despierta que ya es hora del almuerzo —dijo y golpeó con su bastón la banca donde se encontraba su amigo.

—¿Ya tan rápido?

—Así es. Vamos a comer a la casa y después, si me acuerdo cómo, jugamos una partida de ajedrez.

―

Don Eligio Baeza y Nava es sin duda el viejo que me hubiese gustado tener como abuelo, el anciano que me gustaría llegar a ser. Lo veo y lo envidio. Lo veo y no me da pena su estado. Como él dice: «Son las piedras que le tocaron pisar en su camino». He llegado a tiempo a la cita, pues sé que a él le incomoda enormemente la impuntualidad. Toco la puerta y lo encuentro frente a mí, canoso y un poco más arrugado que hace algunos días. Sonríe. Me da un abrazo. Nunca lo había hecho. Me invita a pasar a su estudio. Encuentro un librero que tapiza por completo una pared. El otro librero ya está vacío. La mayoría de los libros yacen en cajas. «Son tuyos», me dice. «Cuídalos». Sé que más que un regalo, esto es un encargo, sé que venderlos le habría dolido más que quemarlos.

Me viene a la mente el día que lo conocí. Era el profesor más temido de toda la escuela. Sostenía una fama de gruñón intolerante. Tenía setenta y tres años, pero daba la impresión de ser diez o quince más joven. Todavía tenía pelo en la cabeza. Aún no usaba ese bastón que adoptó hace apenas unos seis años. Caminaba con firmeza. Sonreía poco. Recuerdo que el primer día de clases inició con una frase que apuntó en el pizarrón: «La historia la escriben ustedes, estudien el pasado para no repetirlo en el futuro». Nos ordenó que escribiéramos un ensayo basado en esto. Ese día salimos dos horas más tarde. Y ese año descubrimos la verdadera historia de un país que no conocíamos. Nos describió la ciudad y sus cúpulas que aún no habían sido ocultadas por los rascacielos; la llegada del mágico invento a la calle de Plateros número 9, en 1897, tres años antes de su nacimiento, el Cinematógrafo Lumière, donde, por primera vez la gente pudo viajar desde su asiento a lugares desconocidos. Don Eligio nos platicó del Zócalo de la Ciudad de México y sus calles tranquilas con carretas y los primeros trenes eléctricos. Él fue testigo de las primeras experiencias de la aviación en México, cuando en los campos de Balbuena voló sobre su cabeza una avioneta traída desde Europa. Apenas había cumplido diez años de edad y la historia ya le mostraba un centenario de independencia. Las calles eran un ejemplo de belleza. Los festejos se anticiparon con la creación de monumentos y grandes construcciones, entre ellas la cúpula del Palacio Legislativo en construcción que ni Porfirio Díaz ni los científicos imaginaron que serviría, años más tarde, como Monumento a la Revolución. También se inauguraron el monumento al Ángel de la Independencia y el Hemiciclo a Benito Juárez. Ese año desfilaron los marinos argentinos, brasileños, franceses, y alemanes frente a los balcones de Palacio Nacional. Terminadas las fiestas patrias ocurrió lo que ya muchos esperaban: estalló la Revolución. Don Eligio decía que todo esto había sido financiado por los petroleros norteamericanos. Una balacera frente a la casa de Aquiles Serdán, en Puebla, adelantó en dos días la fecha fijada por Madero. Las calles de los pueblos se llenaron de gente; Villa se levantó en Santa Isabel; Orozco en el norte del país y Zapata en el sur. Mientras tanto Porfirio Díaz tomaba posesión como Presidente de la República. Luego la muerte y la soledad en todas la calles. Los cañones estremecían a las familias. Sangre y llanto se mezclaban. Las improvisadas trincheras quedaron abandonadas. Incendios. Montones de cadáveres. El país parecía un gran cementerio. La gente huía del caos. Ruinas. Edificios totalmente destruidos: La Nueva Era, la sexta delegación, la torrecita del campo florido, la Asociación Cristiana de Jóvenes, el consulado del Japón, el reloj de Bucareli, la casa de Madero en la calle de Berlín y muchos más. Don Eligio no podía evitar su disgusto por el resultado de una guerra de todos contra todos. Se preguntaba de qué había servido derramar tanta sangre. Narraba la historia con coraje. Analizaba a fondo a todos los personajes y nos hacía que los personificáramos en pequeñas obras teatrales en clase. Se pasaba la vida desmintiendo a los maestros anteriores. Vivía en constante conflicto con profesores y directores, y aun así siempre salía triunfador a la hora de demostrar quién tenía la razón.

Ahora lo veo y no puedo creer que me esté regalando más de dos mil trescientos libros que leyó en su larga vida. Lo observo y me encuentro a un hombre de noventa y ocho años. Hoy que lo vuelvo a ver y que sé que su vela está por apagarse, siento temor a la muerte. Quizá porque desde que lo conocí pensé que nuestro Eligio viviría para siempre. La admiración hacia alguien hace de él un ser indestructible. Quizá jamás lograré leer todos esos libros. Calculo que tuvo que vivir (como dice él) veinticinco libros por año para alcanzar ese número; yo deberé navegar por treinta y ocho libros por año y vivir exactamente los mismo que él para olfatear cada letra, cada palabra, cada frase, cada hoja, cada capítulo que don Eligio escuchó de todos esos autores.

Recuerdo que en alguna ocasión lo encontré leyendo afuera de la escuela y le pregunté por qué se encontraba tan solo y él me respondió: «No. Yo no estoy solo; estoy leyendo. El autor de este libro me hace compañía, me está contando una historia al oído y yo lo estoy escuchando.»

Ahora, don Eligio, mi maestro, me pide que me convierta en su portavoz, que le cuente a las próximas generaciones lo que él vivió, escuchó, sintió en noventa y ocho años. No lo puedo creer, se ve cansado, mucho más que hace unos días cuando fue a casa para pedirme que lo perdonara por ser tan gruñón y que lo acompañara en su último viaje.

    Se sienta en su sofá y limpia sus anteojos con un pañuelo. Le tiemblan las manos. Sus dedos ahora se ven más torcidos que antes. Casi no me mira. Me ha pedido que haga apuntes, que ponga mucha atención a lo que dice para que le ayude a recordar si es necesario. Toma un libro con las dos manos y lo huele, lo besa, lo abraza. Lo limpia con una franela y lo acomoda con otros en una caja de cartón. «No los dejes ahí mucho tiempo que se pueden sentir», me dice. Toma otro libro y repite el mismo ritual. Noto que su respiración es más lenta y más profunda. Sé que quiere decirme algo. Levanta la mirada y enfoca en dirección a mí. «A Raquelita no le ha gustado que te regale todos estos libros. Está triste. Sabe que el final se encuentra tras unas cuantas cenas. Me ha dicho que sabía que algún día tenía que morir, pero que jamás imaginó que sería tan pronto. Lloró está mañana. No quiso que la viera y se encerró en el baño», me cuenta mi maestro y de pronto deja de hablar como si alguien le estuviera diciendo que calle. Cierra los ojos y comienza a cabecear. Se ha quedado dormido en su sofá.

Sin darse cuenta a Eligio Baeza y Nava se le fueron de las manos seis meses de su vida en el sofá, sufriendo por haber olvidado algo. Los médicos le diagnosticaron desmielinización. El líquido proteínico que alimentaba sus neuronas se puso en huelga total y la caja de memorias perdió la noción del tiempo, lugar y persona. La tristeza le exprimió la carne hasta dejarlo enclenque. Cuando despertó notó que se hallaba en una silla de ruedas. Observó sus manos y las encontró flacas y arrugadas, mucho más que nunca. Sus piernas parecían un par de huesos envueltos en trapos. Quiso ponerse de pie pero las piernas ya no le respondieron.

—Quiero orinar —dijo y en ese momento apareció un hombre a su lado que pronto lo levantó en brazos y lo llevó al baño, le bajó los pantalones y lo sentó.

—Sosténgase de mi brazo, don Eligio.

Levantó la mirada con preocupación y preguntó: «¿Quién eres tú?»

—Soy Juan Pablo.

—¿Quién?

—Juan Pablo, su alumno.

—Ah, sí. ¿Dónde está Raquel?

—Salió, en un momento viene.

—¿Y Cipriano, dónde está, por qué no viene?

—Luego viene —dijo.

Tenía tres meses diciendo lo mismo, tres meses prometiéndole que su amigo iría a visitarlo, tres meses mintiéndole, tres meses ocultándole que Cipriano, su entrañable amigo se había adelantado en el camino. Al saber de la enfermedad de su amigo Eligio, y al no tener con quién charlar y jugar ajedrez, cayó en una depresión y dejó que las enfermedades se apoderaran de él. Los que estuvieron con él hasta el último suspiro cuentan que sus últimas palabras fueron: «Díganle a Eligio que me dispense por adelantarme, pero que luego le explico.»

—¿Dónde está Pancho?

—Allá afuera, en el patio, don Eligio.

—¿Por qué ya no me habla?

Y Juan Pablo tuvo que inventar una excusa más para no confesarle que Pancho también había muerto, y que Eligio había pasado los últimos meses hablándole a un perico que no era el suyo, pues lo habían remplazado por otro que no hablaba.

—Necesito que me ayudes. ¿Tú me puedes llevar a un lugar?

—¿A dónde?

—Allá, por el banco. Necesito ir a un restaurante. Se me olvidó algo ahí.

—Luego, don Eligio. El doctor dijo que hoy no podía salir.

—Ve tú —le rogó Eligio y lo miró con tristeza—. Diles que soy Eligio Baeza y Nava. Ellos saben quién soy. Diles que algo se me olvidó.

—¿Qué se le olvidó?

—No sé. Algo se me olvidó. Ayúdame.

—Luego voy, don Eligio.

—Dile a Raquelita que vino mi hijo Jorge.

—Ya se lo dije.

El menester de Eligio era decirle a Raquel que su hijo le había hecho firmar una nueva versión de su testamento en donde le dejaba la casa y todas sus pertenencias a él. Pero sólo recordaba eso cuando se encontraba a solas.

—Don Eligio, ya me voy. Lo veo en unos cuantos días. Tengo que salir de la ciudad por cosas de trabajo. No se me vaya a poner mal. Su esposa se va a quedar con usted. Coma bien. Quiero encontrarlo mejor cuando regrese.

—Que te vaya bien, acércate —dijo el viejo profesor de historia y le dio la bendición al más leal de sus alumnos.

Se quedó dormido y a partir de ese momento los dolores de cabeza lo atormentaron día y noche, dejó de comer, olvidó por completo la historia de su país, su edad, su dirección, su ocupación, todo, se olvidó de todo, hasta de Raquel, su Raquelita que temerosa llevó al padre para que le diera los santos óleos. En ese momento Eligio supo que por fin la última hoja en su biografía se estaba escribiendo. Y se aferró a lo único que recordaba:

—¡Soy Eligio Baeza y Nava! —gritaba— ¡Me llamo Eligio Baeza y Nava! ¡Me llamo Eligio Baeza y Nava!

Raquel no pudo contenerse y rompió en llanto al ver que su esposo subía cansado el último peldaño en la escalera de su larga vida, le arrancaba la última hoja a la margarita de su vida que le decía que sí lo quería y que lo había querido tanto que lo mantuvo vivo noventa y ocho años. «Vida, me quieres, no me quieres», jugaba Eligio meses atrás. «Hoy me voy a morir», dijo Eligio al atardecer y esa fue la noche más larga que tuvo Raquel en la vida. Su esposo no volvió a decir palabra alguna. Permaneció acostado en su cama con suero y oxígeno. En ocasiones se quejaba de los dolores de cabeza y su esposa le daba masajes en la sien. Abría los ojos y la encontraba junto a él. Respiraba pausado. Luego se quedó dormido. Raquel Mateos de Baeza aprovechó para enderezar un poco la espalda y caminar un tanto más por la recámara. Se detuvo frente al retrato de Alicia, su amiga de tantos años y por primera vez en la vida sintió que la mujer en la fotografía lo miraba a los ojos. Hacía tanto que se habían visto, tanto que ella había muerto, tanto que con dificultad recordaba su voz y sus gestos. No habló con ella. Se sentó en el sofá y sin darse cuenta los párpados la traicionaron por unos minutos. En ese santiamén Eligio se puso unos zapatos de charol, un traje blanco y un sombrero, listo para bailar un danzón. «¡Hey, familia, Salón México se complace en presentar a la famosísima Orquesta Danzonera Dimas!» Sonrió. Se fue sin decir adiós. Murió. Murió don Eligio Baeza y Nava, el gran profesor de historia y su discípulo, Juan Pablo, no estuvo a su lado para escribir la crónica más importante de su vida. Murió don Eligio, y a pocos les importó su deceso. Sus hijos jamás le perdonaron el haberse casado con la mejor amiga de su madre. Se fue un gran profesor de historia sin poder escribir su historia, sin ser recordado en la historia de México.

Al día siguiente seguía acostado en su cama. Raquel sabía que había gastado todo el dinero en medicinas. Así que dedicó todo el día buscando la manera de conseguir dinero para pagar la cremación. La gente que lo visitó en su lecho de muerte poco pudo —o quiso— hacer. Llegó derrotada a casa, se acostó junto al cadáver de su esposo y lloró por unas cuantas horas hasta quedarse dormida.

En su sueño apareció Eligio recitando un poema de Amado Nervo:

Muy cerca de mi ocaso, yo te bendigo, Vida,
porque nunca me diste ni esperanza fallida,
ni trabajos injustos, ni pena inmerecida;

Porque veo al final de mi rudo camino
que yo fui el arquitecto de mi propio destino;
que si extraje la mieles o la hiel de las cosas,
fue porque en ellas puse hiel o mieles sabrosas:
cuando planté rosales coseché siempre rosas.

… Cierto, a mis lozanías va a seguir el invierno:
¡mas tú no me dijiste que mayo fuese eterno!
Hallé sin duda largas las noches de mis penas;
mas no me prometiste tan sólo noches buenas;
y en cambio tuve algunas santamente serenas…

Amé, fui amado, el sol acarició mi faz.
¡Vida, nada me debes! ¡Vida, estamos en paz!

Eligio se veía fuerte, joven, como ella lo había conocido. Caminó hacía ella, le acarició las mejillas, toco su cabello, le besó la frente y la abrazó: «Raquelita, es hora de partir, vámonos». Y en ese momento, también murió Raquel.

México, 2006-2011.

LA NOTA ROJA

¡NOVIO CELOSO LOS MATÓ A TODOS!

Ayer en la tarde, se reportó una masacre en una casa de Polanco. Según las autoridades, el joven de veintidós años, identificado como Ramón Pérez Rodríguez, llegó a la casa de la familia Eguiarreta Vizarrón enfurecido. Vecinos de la zona aseguran haberlo visto entrar enardecido. De acuerdo con los peritos, el joven Ramón Pérez Rodríguez entró a la casa; quiso hablar con la, hasta ahora desaparecida, joven identificada como Diana González López, quien además era su novia, y al no tener permiso de la madre de la joven, identificada como Dolores González López, la empujó y se metió a la casa por la fuerza. En el camino la suegra quiso detenerlo, pero éste sacó una navaja y se la enterró en el estómago cuatro veces, hasta quitarle la vida. Según el único testigo del homicidio, identificado como Alfonso Eguiarreta Vizarrón, la joven de veintiún años salió de su recámara y se encontró con el cuerpo en el piso. Los padres de Alfonso Eguiarreta Vizarrón intervinieron y también fueron asesinados por el presunto homicida. El joven Alfonso Eguiarreta, que también recibió tremenda golpiza, logró salvarse de puro milagro y así marcar a las autoridades. El homicida ya se encuentra tras las rejas, al igual que su madre acusada por complicidad. De la joven no se sabe nada hasta el momento. ▪

¡BESTIA SALVAJE MATA A UN INVIDENTE!

Los testigos afirmaron que ayer, alrededor de las ocho de la noche, el conductor de un auto de lujo negro, circulaba a exceso de velocidad a la altura de Álvaro Obregón y Avenida Insurgentes; se pasó el alto y se llevó consigo a un invidente que cruzaba la calle. Al parecer el joven, que aún no ha sido identificado, perdió la vida en el lugar de los hechos. El conductor del auto de lujo se dio a la fuga. ▪

¡TRAFICABAN CON ÓRGANOS!

Ayer en la madrugada, la policía arrestó a dos presuntos traficantes de órganos en la colonia Juárez. Uno de los implicados resultó ser un paramédico del Escuadrón Azul de Paramédicos, que responde por el nombre de Ignacio de la Cruz Rojas, quien aparentemente abusó sexualmente de una jovencita de quince años, que además fue brutalmente atacada por un perro. La niña falleció pocas horas más tarde. El segundo implicado responde bajo el nombre de Rogelio Escobar López, quien es dueño de una clínica sin registro que desde hace varios años se dedicaba a realizar abortos clandestinos y a vender órganos al extranjero. Los padres de la jovencita aseguran que el paramédico, que además era su vecino, constantemente acosaba sexualmente a la adolescente. ∎

¡SE APODERÓ DE LA AUTORIDAD!

Esta madrugada fue arrestado un joven de veintitrés años reconocido como Gustavo Hernández, quien aparentemente asesinó al oficial de la policía Laurencio López; lo esposó y lo dejó en la cama de un motel junto con dos sexoservidoras, a las que había violado previamente. De acuerdo con el reporte de la policía, el presunto homicida le quitó el uniforme al oficial, se vistió de policía y anduvo por la ciudad extorsionando gente. Ya hay testigos de los hechos. El encargado del hotel rindió su declaración y asegura que el joven Gustavo Hernández pagó por el servicio del cuarto al iniciar la noche y que regresó de madrugada. ▪

¡ABUSABA DE LAS NIÑAS!

Este fin de semana fue arrestado un joven de dieciocho años por haber sostenido relaciones sexuales con una joven de dieciséis años en un cuarto de hotel. El joven Odón de la Graza Valverde, asegura que ella es su novia y que todo esto es una infamia inventada por los padres de la joven, que aún no rinde declaración. De ser encontrado culpable, el joven podrá pasar hasta cinco años en prisión. ▪

¡HASTA LOS LADRONES LO RESPETAN!

Ayer en la tarde, dos asaltantes robaron un banco a plena luz del día, en el sur de la ciudad. Al tratar de huir intentaron robarle el auto al señor Xavier López "Chabelo" que circulaba por esa misma avenida, pero al parecer ambos se encontraban tan asombrados al reconocerlo, que lo dejaron ir sin quitarle el automóvil. Los asaltantes ya están en prisión. ▪

¡SIGUEN Y SIGUEN!

Tienen más de sesenta años de edad y siguen trabajando como sexo-servidoras. Lourdes Gutiérrez es una de ellas. La anciana de sesenta y ocho años, continúa ofreciendo sus servicios a los gerontofílicos. Trabajan por cantidades vergonzosas: «Veinte o treinta pesos», dijo Lourdes Gutiérrez en la entrevista. ▪

¡LO ENCONTRÓ EN LA BASURA!

Un indigente llamado Hermilo, alias el Caníbal, fue detenido esta mañana, presuntamente por intentar vender a un bebé recién nacido. Según su argumento, lo encontró en un bote de basura en el sur de la ciudad y lo llevó a casa de una familia que rápidamente reportó el incidente. Las autoridades están investigando el caso. ▪

¡LA AVENTÓ POR LA VENTANA!

Anoche fue arrestado un hombre acusado de asesinar a su esposa. Según los vecinos, desde hacía muchos meses se escuchaban gritos. Al parecer la mujer pedía auxilio todos los días, hasta que ayer en la noche salió volando por la ventana. El presunto homicida asegura que su esposa sufría de esquizofrenia y que ella misma se lanzó por la ventana. Por el momento el hombre se encuentra detenido. ▪

¡SECUESTRAN AMBULANCIA!

La noche de ayer una ambulancia del Escuadrón Azul de Paramédicos fue víctima de un secuestro en la ciudad de México. Los secuestradores interceptaron la ambulancia y se la llevaron hasta una zona cercana al aeropuerto de la ciudad; luego golpearon a los paramédicos y acribillaron al paciente que trasladaban. Los paramédicos resultaron seriamente heridos. Al parecer se trataba de un ajuste de cuentas del narcotráfico. ▪

La Nota Roja de Antonio Guadarrama Collado
se terminó de imprimir y encuadernar en mayo de 2011
en Quad/Graphics Querétaro, S. A. de C. V.
lote 37, fraccionamiento Agro-Industrial La Cruz
Villa del Marqués QT-76240

•

Yeana González, dirección editorial; Elman Trevizo, coordinación editorial;
Soraya Bello, edición; Alejandro Albarrán y Carlos Betancourt, cuidado de la edición;
Antonio Colin, formación